《百家字谜》编辑委员会

主　编：苏剑

编　委：武骝、蔡芳、黄全来、熊辉、苏颖、顾斌、王刚

·学生灯谜读物·
百家字谜·第一辑

苏 剑
字谜300

苏 剑/著

中州古籍出版社
·郑 州·

图书在版编目（CIP）数据

苏剑字谜300/苏剑著.—郑州：中州古籍出版社，2021.3

（百家字谜.第一辑）

ISBN 978-7-5348-9549-4

Ⅰ.①苏… Ⅱ.①苏… Ⅲ.①谜语—汇编—中国 Ⅳ.①I277.8

中国版本图书馆CIP数据核字(2021)第015696号

出 版 社：	中州古籍出版社
	（地址：河南省郑州市郑东新区祥盛街27号6层 邮政编码：450016）
发行单位：	新华书店
承印单位：	陕西隆昌印刷有限公司
开　　本：	889mm×1194mm　　1/48
总 印 张：	28
总 字 数：	600千字
版　　次：	2021年3月第1版
印　　次：	2021年3月第1次印刷

总定价：120.00元（全套10册）

本书如有印装质量问题，由承印厂负责调换

作者简介

苏剑，陕西榆林人，现居西安。中国民间文艺家协会会员，中华灯谜学术委员会副主任，长安文虎社社长。20世纪80年代末开始参加全国性灯谜活动，获得过各类谜赛的猜射奖和创作奖。先后参与了多种谜书、谜刊的编著和发行。2011年5月主办了"西安世界园艺博览会灯谜创作大赛"现场谜会。2011年9月发起成立长安文虎社，并设立"长安文虎基金"，用于编辑出版"长安文虎丛书"，现已出版发行四批三十余种。2015年由长安文虎社承办的"第二届中华灯谜文化节华山国际谜会"备受海内外谜人关注。在陕西榆林和西安多次组织主持普及性群众猜谜活动。曾多次担任全国大型谜会评委，获得过"沈志谦文虎奖""雁云灯谜艺术奖"和中华灯谜学术委员会颁发的"中华灯谜突出贡献奖"。

序 言

苏 剑

汉字是中国文化标志性的符号,是记录汉语语言的文字,距今已有六千年左右的历史。汉字集音、形、义于一体,以其独特的美感和魅力卓立于世界各民族文字之林。古往今来,人们融合运用汉字音、形、义的灵性和特质,以特殊的思维方式诠释汉字、演绎汉字,创造出灯谜这种独特的中华民族传统文化形式。

灯谜题材包罗万象,无所不及,而所有灯谜都含有字谜的元素,可以说都是构建在字谜基础之上的。字谜在灯谜的"大家族"中虽形微体小,却是人们公认的"万谜之源"。字谜是最简易的灯谜,也是最灵活的灯谜要素,是学习猜制灯谜的基础。兹长安文虎社编纂出版《百家字谜》丛书,也是为发扬传承中华传统优秀文化而做的一件大有裨益的普及性事情。

20世纪80年代以来,是灯谜创作最为

活跃的时期，字谜创作也空前繁荣，尤其是字谜创作的手法有了开拓性的发展，表现形式更加多姿多彩，字谜作品数量亦蔚为大观。《百家字谜》丛书第一辑就是这个时期字谜艺术的结晶，是世纪之交海内外字谜创作的缩影，基本上代表了当代字谜创作的领先水平，反映出当代字谜创作的整体概貌。

《百家字谜》丛书是系统介绍当代灯谜名家字谜精品的系列丛书，"百家"入选者均为当代在字谜创作方面有突出成就或字谜艺术精湛的谜家。《百家字谜》丛书第一辑，共选编了10位谜家的字谜作品，可谓"臻臻至至，洋洋洒洒"。首批入选的10位谜家中，有已故灯谜泰斗柯国臻、字谜专家黄穆灿、台湾名宿吴学平，有德艺双馨的老一辈著名谜家郑百川、汪寿林，有承前启后的灯谜名家武骝、蔡芳等，也有近几年在字谜创作方面成绩显著的苏剑、章镰、熊辉等人。他们的字谜作品自成风格，各具特色，或古朴典雅，或清新自然，或白描写意，或灵巧奇趣，呈现出"百花齐放"的字谜艺术图景。

翻开《百家字谜》丛书，弘扬主旋律、突出正能量的灯谜作品俯拾皆是。例如："织杼半融读书声（字）纾""教育后辈当尽孝（字）辙""寸土不丢保村庄（字）床""异地犹存故国心（字）域"以及"点滴改革见成果（字）单""和田名品，中国声誉（字）玉"，还有"四风之中奢为先（字）爽""为政不为民，民弃速罢之（字）整""奉献点点滴滴，赢得无上荣光（字）桃"等；再如："半掩浣花子美居（字）蒲""阳春晚景四方同，泊堤鹊影处处见（字）日"，等等。这些大手笔表现出了多样化的字谜之美。这些汉字和字谜的完美结合，让人感受到其无穷的艺术魅力。细细品读，在字形上能引起人们美妙而大胆的联想；在字音上能激发人们的兴趣，引起人们的共鸣；在字义上能增强或激发人们热爱中华民族文化的情感。汉字是字谜之源，字谜为汉字平添了新的文化内涵，丰富了汉字的艺术空间。

《百家字谜》丛书定位为普及型读物，可作为开展校园灯谜活动的读本，供中小学生和青少年爱好者学习猜制字谜借鉴之用。这套丛书，每个单行本由"作品精选"与"作品赏析"两部分组成。"作品精选"部分，选谜难易兼顾，雅俗共赏，每条谜都作了简注、解析，适合中小学生无障碍阅读。"作品赏析"部分，选取20—30条字谜代表作，邀请名家撰写评析短文，解读精华，激活亮点，启迪创作思路，有助于字谜猜制的普及和提高。

吾爱谜数年，又喜字谜创作，此次跻身其中，汗颜不已，自当是近距离学习前辈灯谜艺术造诣的绝佳良机，不敢懈怠。惟愿方家和读者打开《百家字谜》丛书这扇览胜之窗，尽情欣赏一窗美景、四面青山。纷呈的字谜精品，炼意传神，曲尽其妙，让你应接不暇；精妙的字谜赏析，酣畅淋漓，旨趣所归，让你品味称奇。步入这方园地，受各种典型谜法的浸濡熏陶，会让你起点更高、起步更实、起飞更快。《百家字谜》，带你跨进奇异的灯谜世界。

是为序。

2019年5月于西安白桦林居

目　录

作品精选

少笔画字 …………………………………… 003
5 画字 ……………………………………… 013
6 画字 ……………………………………… 020
7 画字 ……………………………………… 025
8 画字 ……………………………………… 033
9 画字 ……………………………………… 041
10 画字 …………………………………… 046
11 画字 …………………………………… 055
12 画字 …………………………………… 063
13 画字 …………………………………… 067
14 画字 …………………………………… 071
15 画字 …………………………………… 071
多笔画字 …………………………………… 073

作品赏析

仪态横生大夫松（少笔画字）一 … 郑百川 / 赏析　079

天涯孤云是心寄（少笔画字）一 … 田鸿牛 / 赏析　080

"只有蝴蝶双飞来"（少笔画字）口

……………………………… 尚　华 / 赏析　082

"清浅萦纡一水间"（少笔画字）戈

……………………………… 郑百川 / 赏析　083

"人生若只如初见"（少笔画字）贝

……………………………… 蔡　芳 / 赏析　085

拾级直上摘星阁（少笔画字）书 … 王绍宽 / 赏析　086

三过不入，撇下一切（5画字）玉

……………………………… 郑百川 / 赏析　088

寻香梅先开，逊雪三分色（5画字）白

……………………………… 杨基平 / 赏析　089

白衣人到君前来（6画字）伊 …… 蔡　芳 / 赏析　091

仁公羊续，未至三公（7画字）伴

……………………………… 蔡　芳 / 赏析　092

寒烟初透，宫烛半燃（7画字）灾

……………………………… 天　涯 / 赏析　094

始知古有直钩钓（8画字）刮 …… 郑百川 / 赏析　096

白起夺郢终立封（8画字）陌 …… 莫志刚 / 赏析　097

嵩山高隐得善终（8画字）咄 …… 杨基平 / 赏析	099
关山新姿云霞吐（9画字）峡 …… 蔡　芳 / 赏析	101
心宽琴闲品香茗（9画字）茶 …… 杨耀学 / 赏析	103
湖中残棋人散后（10画字）秴 …… 田鸿牛 / 赏析	104
载石归有郁林石（10画字）梛 …… 杨耀学 / 赏析	106
辗转入川为酬和（10画字）酒 …… 杨耀学 / 赏析	108
后滩放鹤芦花低（10画字）莺 …… 杨耀学 / 赏析	109
城头画角未听休（10画字）羞 …… 莫志刚 / 赏析	110
五柳先生品自高（11画字）梧 …… 郑百川 / 评析	112
眼未及处兰自发（11画字）着 …… 蔡　芳 / 赏析	113
"金珠不载载石还"（11画字）硂 …………………… 方炳良 / 赏析	115
如今高推二王帖（12画字）琴 …… 杨耀学 / 赏析	117
共推吕相有品行（12画字）棋 …… 王绍宽 / 赏析	119
每逢初雪读梅谱（15画字）霉 …… 杨耀学 / 赏析	120

后　记 ………………………………………………… 122

作品精选

少笔画字

仪态横生大夫松（少笔画字）　　　　　　　一
注：谜面隐"大夫松"典故，会意离合双扣。
　　"横"形态似"一"；"松"作"放开"
　　解，"夫"字去掉"大"字余"一"得底。

天涯孤云是心寄（少笔画字）　　　　　　　一
注：本谜三扣。"天涯"（"天"字的边际）
　　扣"一"；"孤云"会意扣"一"；"是"
　　之心扣"一"。谜面顿读，形意连扣。

苦修古艺得一传（少笔画字）　　　　　　　乙
注：离合提音相扣。"古艺"消减"苦"得
　　"乙"字；"一传"提示谜底"乙"字
　　读音与"一"相似。

无边河汉叹离分（少笔画字）　　　　　　　丁
注：离合法。"无边河汉"余"可"和"又"，
　　去掉"叹"得底"丁"。

心甘命抵一一还（少笔画字）　　　　　二

注：谜法离合双扣。"甘"与"命"之中心部位合为底"二"；"一一还"也扣出"二"。

云行远山，雁飞长天（少笔画字）　　　二

注：象形与离合并用，前后两句双扣。"远山"象形"厶"，"雁"象形"人"，离损之后得底。

云断远山，月无边，人隔长天。一别三载，言犹在耳，意成双，独对影。（少笔画字）　　　　　　　　　　　　　　二

注：每句一扣，多重复扣兼音、义双提。

四壁徒空终兀尔（少笔画字）　　　　　儿

注：双扣法。"四"之围壁去掉得底字"儿"；"兀"字终部亦为"儿"。

"竹竿袅袅鱼噞噞"（少笔画字）　　　　卜

注：谜面系唐·皎然诗句。象形法扣底。

高天流云去悠悠（少笔画字）　　　　　　十

注：离合法。"高天"为"一"，"去"消减
　　"云"得"丨"，两部组合成底。"流"
　　起消减作用。

吟断古今由心生（少笔画字）　　　　　　十

注：离合双扣。"古今"消减"吟"得"十"，
　　一扣；"由"之中心部分为"十"，再次
　　扣合。

识后结成文字交（少笔画字）　　　　　　八

注：离合双扣。"识后"扣"八"，"八"与
　　"文"可结成"交"，叫入叫出之法。

吕安题凤，缄口叹息（少笔画字）　　　　几

注：面出"吕安题凤"典故。离合成谜，
　　（吕）+（凤）-（口）-（叹）=（几）。

"白头不相离"（少笔画字）　　　　　　　下

注：面系乐府诗《白头吟》句。"白头"为
　　撇，撇从"不"中分离而余"下"。

陈王揭竿起（少笔画字）　　　　　　　　三

注：谜面据《陈涉世家》史实拟句。"丨"象形为"竿"，"王"中消减"丨"得"三"。"陈""揭"分别为抱合词与消减词。

"摹写云天不尽容"（少笔画字）　　　　　三

注：面出程钜史《和寅夫惠教游鼓山》。离合法制谜。"云"去掉下部得"二"，"天"去掉下部得"一"，组合得底。

"来雁寄一字"（少笔画字）　　　　　　　大

注：谜面出自北宋·黄庭坚《次韵答邢惇夫》。象形离合法制谜。"雁"象形"人"，与"一"组合成底。

"求田问舍语何缘"（少笔画字）　　　　　口

注：面系宋·王庭圭《和陈相之日即事二首·其一》句。"田""问""舍""语""何"中皆含有谜底"口"。

"只有蝴蝶双飞来"（少笔画字）　　　　口

注：面系宋·饶节《偶成》诗句。"只"的下
　　部"八"象形为双蝶。

初听吟唱啭呖呖（少笔画字）　　　　　口

注："听吟唱啭呖呖"六字的初始部分皆
　　为"口"。

参差错落画初成（少笔画字）　　　　　丈

注："乂"象形错（×）的符号，"一"为
　　"画"之初笔，合而为"丈"。

镇日消时对角樽（少笔画字）　　　　　寸

注：离合双扣。"时"去"日"得"寸"，
　　"樽"之一角为"寸"。"角樽"乃盛酒
　　器皿。

同拥帘帷赠白帕（少笔画字）　　　　　巾

注：离合双扣。"帘帷"相同的部分是"巾"，
　　"帕"消减"白"亦扣"巾"。

入行前曾经红过（少笔画字）　　　　　　久
注：离合法制谜。"经"消减去"红"后余下的部件，与"行"之首笔组合而成"久"。

几经修改亮点出（少笔画字）　　　　　　丸
注："几"改动后变为"九"，加个点（丶）成"丸"字。亮，亮出。

坳里邀云展素心（少笔画字）　　　　　　幺
注：离合双扣兼提音。"坳里"扣"幺"，"邀云"提示谜底"幺"字读音与"邀"相同，"素心"亦为"幺"。

同看骅骝骐骥驰（少笔画字）　　　　　　马
注："骐骥骅骝驰"五字的相同部位皆为"马"。

"未尝将一字"（少笔画字）　　　　　　　木
注：面系唐•齐己《自题》诗句。离合法。"未"消减"一"得底。

名驰四方兮云飞扬（少笔画字）　　　　夕
注：离合提音。"名"消减去四方形"口"
　　得底"夕"字。"兮云"提示谜底"夕"
　　字读音与"兮"相同。

"误字辨鲁鱼"（少笔画字）　　　　　　日
注：面系南宋·陆游诗句。"误"作动词，失
　　掉，误却。消减"鲁"中之"鱼"得底。

出谋人甘认失策（少笔画字）　　　　　木
注：离合法制谜。消减"谋人"两字中的
　　"甘"字和"认"字，可得谜底"木"。

淡然点化众人清（少笔画字）　　　　　从
注：离合双扣。"淡"的点全部去掉得"人
　　人"。"众"消减"人"得"从"。

风云变幻二十载（少笔画字）　　　　　丰
注：离合提音相扣。"风云"提示谜底"丰"
　　字读音与"风"相同。"变幻二十"形
　　扣"丰"。"载"作抱合词用。

东南峰上起风声（少笔画字） 丰

注：方位扣合兼提音。"峰"之东南部位为"丰"。"上"，连接词。"起风声"提示谜底"丰"字读音与"风"相同。

调和藏香竟夕成（少笔画字） 歹

注："香"消减"和"余"一"，与"夕"组成底字"歹"。"藏"起消减作用，"调""成"是连接词。

三十来载苦消日（少笔画字） 卅

注：会意离合双扣。"卅"意为"三十"。"苦"消减"日"后重新组合成"卅"。

人心若变生不安（少笔画字） 仄

注：拆字提义。"若"之心为"オ"，变化后与"人"组成"仄"。"仄"，意为心里不安。

下苑夕夕离怨多（少笔画字） 心

注："下苑"是汉代的宜春下苑，唐时称曲

江池。"夕夕离",面上自动抵消"多"字,"怨"消减"下苑"之"夗"得底。

雁阵点点下谷口(少笔画字) 火

注:象形离合双扣。"雁阵"象形"人",增补"点点"成"火",一扣;"谷"之"口"部减损似为"火",二扣。

"一双蝴蝶趁人来"(少笔画字) 火

注:面为元・杨维桢《漫兴七首》(其五)诗句。象形法制谜,将两点(丷)看作一双蝴蝶。

一别千里云际行(少笔画字) 仁

注:面取李白《早发白帝城》之意境。"千"消减"一"得"亻","云际"为"二",合而得底。

一介书生相貌丑(少笔画字) 牛

注:拆字提义。"生"消减"一"为"牛",叫入叫出得底。"丑"按生肖为"牛"。

陌头行人相对语（少笔画字）　　　　　　队
注：离合提音相扣。"陌头"取"阝"，与
　　"人"组合得底。"相对语"提示谜底
　　"队"字读音与"对"相同。

旦辞昼去舟行迟（少笔画字）　　　　　　尺
注："昼"消减"旦"得"尺"，"迟"去"辶"
　　（"辶"象形小船）部亦为"尺"，双扣
　　得之。

"清浅萦纡一水间"（少笔画字）　　　　　戈
注：面为唐·唐彦谦诗句。"浅"消减
　　"一""水"（氵），得底"戈"。"清"
　　与"间"起消减作用。

"人生若只如初见"（少笔画字）　　　　　贝
注：面为清·纳兰性德诗句。"初见"为
　　"冂"，与"人"组成"贝"。

5画字

墙倒众人推（5画字）　　　　　　　　　　丛

注：象形离合法。"一"象形墙倒，"众人推"
　　得"从"，前后组合成"丛"。

浮云不解意（5画字）　　　　　　　　　　弗

注：提音会意扣合成谜。"浮云"提示谜底
　　"弗"字读音与"浮"相同。"不"，其
　　意可解释为"弗"。

"四围山隐隐"（5画字）　　　　　　　　　田

注：面句出自近代顾随《临江仙》词。四
　　"山"围合扣"田"。

归鸿日里向西行（5画字）　　　　　　　　左

注：离合提义。"归鸿日"三字的里头（中
　　间）分别是"丿、工、一"，组合成
　　"左"。"向西"提示"左"的方位（地
　　图标注习惯"西"在左边）。

首笔贷款转工地（5画字）　　　　　　　　左
注：离合法。"贷"和"款"的第一个笔画
　　是"丿"和"一"，两部与"工"组合
　　得"左"。

新月一抹落河汀（5画字）　　　　　　　　右
注：象形离合法制谜。"新月"象形扣
　　"丿"，"河"消减"汀"余"口"。
　　"丿""一""口"合而得底。

谋士献计未采纳（5画字）　　　　　　　　甘
注：离合法制谜。"谋士"消减"计"和"未"
　　得"甘"字。"献"和"纳"均起消减
　　作用。

首止之盟先歃血（5画字）　　　　　　　　皿
注：面取"首止之盟"典，离合双扣。"首止
　　之盟"，去掉"盟"字的头部为"皿"。"先
　　歃血"，去掉"血"之首个笔画"丿"亦
　　得"皿"。歃，吸取。

曾为山僧拜神明（5画字）　　　　　　仙

注：拆字提义法。"曾为山僧"叫入叫出得
　　底，"神明"提示"仙"的字义。

晨来云台隐远山（5画字）　　　　　　旦

注：拆字提义。"厶"象形远山，"云"和
　　"台"中的"厶"隐去组合得底字
　　"旦"。"晨"提示"旦"的字义。

日出云散去上海（5画字）　　　　　　申

注：拆字提义扣合。"去"消减"云"与
　　"日"组合得底字"申"。上海简
　　称"申"。

千岛化仙鹤西飞（5画字）　　　　　　鸟

注：离合双扣。"千岛"消减"仙"余下的部分
　　组成"鸟"。"化"作消减词。"鹤西飞"，
　　"鹤"字西部飞去，再次扣"鸟"。

西风落木缘愁起（5画字）　　　　　　禾

注：离合双扣。"西风"为"丿"，与"木"

组合成"禾"。"愁"的起始部位为"禾",二次扣底。

三月放晴开新田(5画字)　　　　　旧

注:离合双扣。"晴"中消减掉"三月"得"日丨",合成"旧"。用"开新"重新调整"田"的笔画位置,亦得"旧"。

心期白首意笃定(5画字)　　　　　必

注:拆字提义。"白首"为"丿",与"心"组合得底。"笃定"提示"必"的字义。

阁下离间言犹怵(5画字)　　　　　处

注:拆字提音。从"阁下"二字中消减掉"间"的字素,得底"处"。"怵"提示"处"的读音。

六载牵心难一聚(5画字)　　　　　穴

注:离合法制谜。"牵"的中心部位是"冖",与"六"组合后再消减"一"得"穴"。

三月放晴开新田（5画字）旧

"题诗山寺不胜多"（5画字）　　　　　　讪

注：面为宋·吴儆《题月岩》诗句。"诗山"
　　消减"寺"得底。

"一双蝴蝶忽飞来"（5画字）　　　　　　未

注：面为魏晋·何应龙《伤春》诗句。象形
　　离合法制谜。"来"字中的两点象形为
　　"一双蝴蝶"，消减两点得底。

一枝初绽，双燕来归（5画字）　　　　　未

注：离合象形双扣制谜。"一"与"枝"的初
　　始部分"木"合成谜底，一扣；"双燕"
　　象形两点（丷），"来"消减"丷"后得
　　底，二扣。

口味不合，一杯不端（5画字）　　　　　未

注：离合双扣。

清香甘甜，入口一绝（5画字）　　　　　叭

注：离合法制谜。消减掉"香""甘"二字
　　中的"甜"和"一"，加"口"得底。

三过不入,撇下一切(5画字)　　　玉

注:《孟子·离娄下》:"禹、稷当平世,三过其门而不入。"面意取之。从"三"和"不"中消减"一"和"丿"而得底。

见与不见,爱在心间(5画字)　　　写

注:面意取自西藏六世达赖仓央嘉措名篇《见与不见》。"见与不见"面上自行抵消"见"而得"与","爱"之心间为"冖",组合成底"写"。

寻香梅先开,逊雪三分色(5画字)　白

注:离合会意双扣制谜。面取宋·卢梅坡《雪梅》诗意。从"香"中消减"梅"之先部"木"得底"白"。"逊雪三分色"意扣"白"。

人散后,一钩新月星点点(5画字)　必

注:离合象形制谜。"人"消减后部得"丿","一钩新月"象形"乚",星象形"、",组合得"必"。

6画字

甘心十载面壁下（6画字） 圭

注：面意化自周恩来诗句"面壁十年图破壁"。"甘心"为"一"，"壁"下部为"土"。（十）+（一）+（土）=（圭）。

青酒一尽发清辞（6画字） 西

注："清酒"消减"一""清"而得底。"尽"与"发"为消减词。

四时闲聊书中趣（6画字） 耳

注："四时"别解为第四个时辰，为"卯"时，"聊"消减掉"卯"得底，一扣。"趣"中间部位为"耳"，二扣。

按捺不住瞄玉人（6画字） 压

注：离合法制谜。"玉人"消减"捺"画，余"玉""丿"，重新组合成"压"。

雁过天际尺书迟（6画字） 达
注：象形离合法制谜。"人"象形"雁"，"天际"取"一"，"尺书迟"叫入叫出取"辶"，三部合成谜底。

纵是古调亦宛转（6画字） 曲
注：拆字提义扣合。"纵"指笔画"丨"，与"古"移动变化组成"曲"，形扣；"宛转"提示"曲"的字义。

立木为信无须言（6画字） 休
注：面取"立木为信"典故。离合法制谜。消减"信"之"言"，而后与"木"合组成底。

灯花旋落白云笺（6画字） 尖
注：北宋柳永《尾犯》有"灯花旋落"句；借"白云笺"典故，拟面据此。离合提音扣合。"灯"的笔画旋乱重组得"尖"，"白云笺"提示读音为"笺"。

修道李仙终隐居（6画字）　　　　　　休
注：李仙即道教传说中的李八百，据此传说
　　故事拟面。拆字提音扣合。"李仙"之
　　后部减损得出谜底"休"字，"修道"
　　提示"休"字读音与"修"同。

白衣人到君前来（6画字）　　　　　　伊
注：面意源自"白衣送酒"典故。拆字提音
　　扣合。"君"之前部"尹"与"人"组
　　成"伊"。"白衣"提示"伊"的读音。

贪念全除尽，人生乃从容（6画字）　　众
注：离合双扣法。消减"贪念全"三字的底
　　部得"众"。"人"与"从"再次合成
　　"众"字。

见字如面始放心（6画字）　　　　　　安
注：拆字提义扣合。"字"与"如"的起始
　　部首组合得"安"；"放心"提示"安"
　　的字义。

终遭宋玉拒三载（6画字） 朴
注：面用"窥宋"典故。"终遭宋"为"木"，
　　"玉"消减"三"得"卜"，组合可得底。

华人一族离故土（6画字） 伦
注：离合法制谜。"华、人、一"三字消减
　　掉"土"得底。

来人从容语自重（6画字） 众
注：拆字提音扣合。"人"与"从"组成
　　"众"，"语自重"提示"众"字的读音。

烛前飞蛾逐我来（6画字） 虫
注：离合双扣。消减"烛"之前部得底"虫"
　　字；消减"蛾"之"我"再次扣合"虫"。

先去婆源心愿了（6画字） 汝
注：离合法制谜。谜面顿读作"先去婆 / 源
　　心 / 愿了"。"先去婆"得"女"，"源
　　心"消减"愿"得"氵"，组合得底。

湘女出行相邀尔（6画字）　　　　　　　汝
注：拆字提义扣合。"湘女"消减"相"得
　　"汝"，形扣；"尔"提示"汝"的字义。

"一水横江即异乡"（6画字）　　　　　　红
注：面为明代王世贞诗句。"一水横江"叫
　　入叫出得"工"，"异乡"为"纟"，组
　　合得底。

东都解元，先宿书院（6画字）　　　　　阮
注：离合双扣法。"都"之东部"阝"与"元"
　　组成底，一扣；"院"消减"宿"之先
　　部"宀"得底，二扣。

娇寒初透，妍容半掩（6画字）　　　　　安
注：离合双扣。"娇寒"二字之初始为"女
　　宀"，合成"安"。"妍容"二字掩去后
　　半，余下"女宀"，再次合成"安"。

宠辱共半生，相护到白首（6画字）　　　守
注：拆字音义双提扣合。"宠辱"的一半扣

"守"的字形,"相护"提示"守"的字义,"白首"提示"守"的读音。

7画字

陈王独先赋(7画字) 狂
注:三国曹植作《登台赋》,独先一挥而就,据此拟面。"陈"作抱合词引入"王","独"先取"犭",两部合成"狂"。"赋"亦作抱合词。

"云横叠嶂孤"(7画字) 诎
注:面出自唐·林璠《季夏入北山》。"云"乃"说"也,扣"讠";"叠嶂"为重山,扣"出",组合得底。

噪鸦先后穿中堂(7画字) 呀
注:离合双扣。谜面顿读作"噪鸦先/后穿/中堂"。"噪鸦"前部得"呀",一扣;"后穿"为"牙",与"中堂"之"口"部组合得"呀",二扣。

黑嘴乌啼乌台下（7画字） 呜

注：面意取"乌台"典。会意离合双扣兼提音。"黑嘴"意扣"乌口"，合成"呜"。"乌啼"提示"呜"的读音。"乌台下"形扣，"乌"与"台"字下方的"口"组合，再次扣"呜"字。

吟榻之侧谈兴生（7画字） 杏

注：面意取"吟榻"典故，拆字提音扣合。"吟榻"偏旁组合得底，"谈兴"提音。

守仁平乱——灭（7画字） 伴

注：面含王守仁平乱之事，离合法制谜。"仁平"消减"——"重组得底"伴"。"乱"意指部件打乱重组。

一生绝活终得传（7画字） 告

注：离合提义扣合。"活"的最终部分是"口"，"生"去掉"一"加"口"成"告"字。"传"提示"告"的字义。

荷开一隅倾心赏（7画字）　　　　　　　　花
注：离合法制谜。消减"荷"之一角"可"，
　　与"倾"之中心部"匕"组合成底。

一着治吏变新局（7画字）　　　　　　　　更
注："吏"增加"一"，重新调整笔画布局得
　　底。"着"与"治"为抱合、连接词。

江安梅开如花海（7画字）　　　　　　　　杠
注：离合法制谜。"江""梅"消减"海"得
　　底。江安，四川县名。

三层阁楼隐云端（7画字）　　　　　　　　县
注：象形离合制谜。三层阁楼象形为"且"，
　　"云"去掉端头为"厶"，组合得底。

不负相思山盟在（7画字）　　　　　　　　岛
注：象形、借代、离合制谜。"负"作负号
　　"-"，"相思"借代"鸟"，"鸟"消减
　　"一"，再与"山"组合得底。

抛去石头补天齐（7画字） 吴
注：面取"女娲补天"典故，离合法。消减"石"
之头部得"口"，与"天"组成底。

北蛮鸣镝狼烟起（7画字） 狄
注：折字音义双提扣合。"狼烟"二字起始
部分"犭火"合成"狄"；"北蛮"提示
"狄"的字义，"鸣镝"提示"狄"的
读音。

落雁疑人绕塘西（7画字） 坐
注：面意化自唐·皮日休诗句："落雁疑人
更绕塘。"象形离合制法，"落雁"象
形"人"。

闲愁一片长门心（7画字） 闷
注：面意取"千金买赋"典故。离合双扣。
"闲"与"愁"各取一片，"门"和"心"
组成谜底；"长"作动词抱合"门心"
二次得底。

皇闹半掩十二门（7画字）　　　　　　闱

注：离合双扣。"皇闹"之半部得"闰"，一
　　扣；"十二门"组合得"闱"，二扣。古
　　代京城共有十二门。

空里闲话千载事（7画字）　　　　　　识

注：离合制谜。"空里"取"八"，"话"里
　　消减"千"，组合得底。"闲"起减损
　　作用。

刻烛先成见慧心（7画字）　　　　　　灵

注：面意取"刻烛"典故，喻诗才敏捷。离
　　合法。"烛"之前部"火"与"慧"之
　　中心"彐"组合得底。

一丛花令终走红（7画字）　　　　　　纵

注："一丛花令"是宋代张先的词，一时盛
　　传，面意据此而拟。"丛"减损"一"
　　得"从"，"红"减损后部得"纟"，组
　　合得底。

千载仙鸟空悠悠（7画字）　　　　　　　岛
注：面意取"黄鹤楼"典故。离合法成谜。
　　"仙鸟"消减"千"得"岛"字。

窗前睡鸭似衔草（7画字）　　　　　　　究
注：离合象形制谜。"睡鸭"象形"乙"，
　　"丿"象形一根"草"，与"窗"的前
　　部"穴"组成底。

"酿酒共酌醒时同"（7画字）　　　　　　酉
注：无名氏诗句。"酿""酒""酌""醒"的
　　共同部位是"酉"。

"飞鸿点点来边塞"（7画字）　　　　　　灾
注：面出元•王冕《即事》。象形离合制
　　谜。"飞鸿"象形"人"，"边塞"取
　　"宀"，两部与"点点"（丷）组合
　　得"灾"。

"一曲银钩帘半卷"（7画字）　　　　　　究
注：面为宋•刘翰《蝶恋花》词句。象形离

合制谜。"一曲"扣"丿","银钩"象
形"乙","帘"卷走一半取"穴",组
合得底。

云移半空,秦台隐约(7画字)   私
注:离合双扣。"云移"的一半扣"私","秦
 台"隐去部分后亦扣"私"。

仁公羊续,未至三公(7画字)   伴
注:面取羊续未至三公典。离合法制谜。"仁
 公羊"消减"三公"得底。

西岭秋尽,岚烟初生(7画字)   灿
注:离合双扣。"岭"之西部取"山","秋"
 之后部取"火",组合得底,一扣;"岚
 烟"二字初始部"山火"组合得底,二扣。

长门尽日,星闱半掩(7画字)   间
注:面据《长门赋》典故拟句。离合双扣。
 "门""日"扣"间","星闱"一半亦
 扣"间"。

寒烟初透,宫烛半燃(7画字)　　　灾
注:面据唐·韩翃《寒食》意境。离合双扣。
　　前句"寒烟"初始部"宀"与"火"组
　　成底,后句"宫烛"的一半亦组成底。

内生哀闵,义结同心(7画字)　　　吝
注:离合双扣。"哀闵"二字之内组合得
　　"吝",一扣;"同"之中心与"义"组
　　合得"吝",二扣。

杏子方销完,柿子又上市(7画字)　李
注:离合双扣法。"杏子"消减"口"得底,
　　"柿子"消减"市"亦得底。

柳汀边,江楼前,心闲如水,杜酒偏添
(7画字)　　　　　　　　　　　　沐
注:离合四扣。杜酒,家酿的薄酒。唐代杜
　　甫有诗:"杜酒偏劳劝,张梨不外求。"
　　面意取之。

8画字

画肚摹一笔（8画字）　　　　　　　　　青
注：面取"画肚"典故，谓用手指在肚子上揣
　　摩书法。"肚"加"一"移位后得底。

"永日无一事"（8画字）　　　　　　　咏
注：面出宋•郭印《闲中打睡》。离合法。
　　"日"消减"一"得"口"，与"永"
　　组合得"咏"字。

新叶初吐如故里（8画字）　　　　　　咕
注：离合双扣。"叶"与"吐"之初部变化
　　组合得"咕"，一扣；"如故"的中间组
　　合得"咕"，二扣。

终聚清宵共月影（8画字）　　　　　　朋
注：离合双扣。"清宵"的后部为"月"
　　"月"，聚合扣"朋"；"月影"亦扣
　　"朋"。

张三影率直放纵（8画字） 非
注："影"字得出两个"三"，"直"与"纵"
均作"丨"解。

山岚风光笔端花（8画字） 茁
注：离合制谜。"山岚"消减"风"得"出"，
"花"之顶端为"艹"，组合得底。"笔"
起抱合作用。

合岸一干人匿迹（8画字） 岩
注：离合法。"合岸"消减"一干人"得底。

嵩山高隐得善终（8画字） 咄
注：面取唐武攸绪弃官隐居嵩山之典。离合
法。"嵩山"消减"高"，再与"善"之
底部"口"组合成底。

几回缠绕千千结（8画字） 凭
注：离合法。"几"与"千千"笔画重新安
置得底。

香芹半折终日有（8画字）　　　　　　　昕

注：离合双扣制谜。"香芹"之半得底，一扣；"折"之后部"斤"与"日"组合得底，二扣。

笔底交集结一生（8画字）　　　　　　　牦

注：离合法制谜。"笔底"取"毛"，"结一生"叫入叫出得"牛"，前后组合成"牦"。"交集""结"起抱合作用。

打上粉底添秀气（8画字）　　　　　　　氛

注：离合法。"粉底"，即取"粉"后部之"分"，"秀"作动词，起抱合作用。（分）+（气）=（氛）。

始知古有直钩钓（8画字）　　　　　　　刮

注：面取姜尚垂钓典故。离合象形法。"始知"取"知"之首笔"丿"，"直"乃"丨"，"钩"象形"亅"。（丿）+（古）+（丨）+（亅）=（刮）。

月照春山入画屏（8画字） 肽

注：离合法。"春山"消减"画"的字素得"夫"，与"月"组合成底。"屏"，排除，起消减作用。

八载积书，一生怀香（8画字） 和

注：离合双扣制谜。前句"积"消减"八"得底，后句"香"消减"一"重组得底。

酒盏终空闻遣唤（8画字） 浅

注：离合提音扣合。消减"酒盏"尾部后得底字"浅"，"闻遣唤"提示"浅"的读音。

白起夺郢终立封（8画字） 陌

注：谜面取白起夺郢史实。谜面顿读作"白/起夺郢/终立封"。夺去"郢"之起始部得"阝"，"立"取底部之"一"。（白）+（阝）+（一）=（陌）。

面山而居终移山（8画字）　　　　　　　屈
注：离合法。消减"居"之下部，与两个
　　"山"组合扣底。

东钱湖边半盏酒（8画字）　　　　　　　浅
注：离合双扣。"东钱湖畔"，一扣；"半盏
　　酒"，二扣。东钱湖，浙江宁波天然
　　湖泊。

西部开发百事兴（8画字）　　　　　　　陌
注："部"消减西边得"阝"，与"百"组合
　　得"陌"。"事兴"起抱合作用。

一字未书误半生（8画字）　　　　　　　诔
注：离合法。"误半生"取"讠"，与
　　"一""未"组合得底。

清辞三月题云笺（8画字）　　　　　　　法
注：离合法制谜。"清"减损"三月"得
　　"氵""丨"，与"云"组合得"法"。

浮云散尽清宵月（8画字） 宗

注：离合法制谜。"浮云散尽"取"二"，"宵"减损"月"得"宀""小"，组合得底。

"随处兰舟且暂捎"（8画字） 郁

注：面系元·张翥《沁园春》词句。减损法制谜。"兰舟"象形"辶"，"随"减损"辶"，重组成"郁"。

边漠走马逢驿使（8画字） 泽

注：离合法制谜。"边漠"取"氵"，"走马逢驿"叫入叫出法得"驿"之右部，两部组合得底。

一击不中，错斩副车（8画字） 岳

注：面取《史记·留侯世家第二十五》张良博浪沙击秦，误中副车典故。离合法制谜。消减"击"之"一"与"斩"之"车"，组合得底。

边漠走马逢驿使（8画字）泽

"一片闲心无人会"（8画字） 杚

注：面系宋·魏了翁《贺新郎》句。"闲心"取"木"，"无人会"取"云"，组合得底。

买卖做在古渡头（8画字） 沽

注：离合提义扣合。"古渡头"，形扣"沽"。"买卖"，提示"沽"的字义。

十二楼前，半倚琼枝（8画字） 柱

注：前后两句离合双扣。十二楼，神话传说中的仙人居处。

花前觅句，以文敬之（8画字） 苟

注：前后两句离合双扣制谜。"以文敬之"乃叫入叫出之法。

陇西秋尽月无边（8画字） 陕

注："陇"的西部取"阝"，"秋"的后部取"火"，"月无边"取"二"，三部组合得"陕"。

9画字

秋径半隐轻烟里（9画字）　　　　　　　烃
注：离合双扣。取"秋径"之一半得"烃"，
　　"轻烟"二字之中间部位亦组合成
　　"烃"。

空山幽境兰初发（9画字）　　　　　　　兹
注：离合法制谜。"幽"减损"山"与"兰"
　　之上部组合得"兹"。

山居秋尽月无边（9画字）　　　　　　　峡
注：离合法制谜。"秋尽"取"火"，"月无
　　边"取"二"，（山）+（火）+（二）=
　　（峡）。

吕安题字终离去（9画字）　　　　　　　宫
注：面取《世说新语》吕安典。离合法。
　　"字"消减后部为"宀"，与"吕"组
　　合得底。

酒端和合意融融（9画字）　　　　　　　　　洽
注：拆字提义扣合。"酒端"取"氵"，与"合"
　　组合得"洽"，形扣；"融"即"融洽"，
　　"意融融"提示"洽"的字义。

树下苦李先干槁（9画字）　　　　　　　　　枯
注：拆字提义法。"苦"之下取"古"，"李"
　　之先取"木"，组合成"枯"，形扣；"干
　　槁"即干枯，提示"枯"的字义。

淡描菊蕊见格调（9画字）　　　　　　　　　品
注：象形提义。画菊蕊如"品"，象形扣之；
　　"格调"即"品格"，提示"品"的字义。

关山新姿云霞吐（9画字）　　　　　　　　　峡
注：拆字提音扣合。"关山"字素重组得"峡"
　　字；"云霞"提示"峡"字读音。

墙头半隐残花影（9画字）　　　　　　　　　陡
注：面意源自《西厢记》词："隔墙花影动。"
　　离合法制谜。"墙头"取"土"，"半隐"

取"阝","残花影"扣两个"匕",组
合得底。

画楼临山日未落（9画字）　　　　　　娄
注：离合法。"画楼"消减"山日未"三字
而得底。

伤心未必是女流（9画字）　　　　　　姝
注：离合法。"未必"消减"心"得"朱",
与"女"组合得底。

魂魄不守白云舍（9画字）　　　　　　鬼
注：面取"白云亲舍"典故，意为客居他乡
的思念之情。离合法。"魂魄"消减"白
云"得底。

金兰终结传佳话（9画字）　　　　　　美
注：拆字提义扣合。"金"与"兰"之尾部
"一"拆解重组成"美"字，"传佳话"
提示"美"的字义。

心宽琴闲品香茗（9画字）茶

"罗带同心结未成"(9画字)　　　　　昧
注：面系宋·林逋《相思令》词句。离合制
　　谜。"同心"之"一""口"与"未"组
　　合变化得底。

心宽琴闲品香茗(9画字)　　　　　茶
注：拆字提义扣合。"宽琴闲"的中间部位
　　"艹人木"组合成底，"品香茗"提示
　　"茶"的字义。

虽写作文，没写日记(9画字)　　　　蚊
注：离合法。"虽""文"消减"日"的字素
　　得底"蚊"。

三吏三别，千载流传(9画字)　　　　便
注：离合法。"三吏三别"谜面抵消"三"
　　得"吏"，与"千"组合成底。"三吏三
　　别"是唐代诗人杜甫的名篇简称。

问友初更归，门留晚来客(9画字)　　阁
注：离合双扣制谜。"问友"消减"更"之

初笔"一"得底"阁"字,一扣。"门"与"客"之后部"各"组合成底,二扣。

美人传音书,朱颜如初见(9画字)　　姝

注:拆字音义双提扣合。"朱"与"如"的初始部分"女"合成"姝","美人"提示"姝"的字义,"传音书"提示"姝"的读音。

10画字

一生千卷书(10画字)　　　　　　　　倦

注:面意化自欧阳修诗句:"一生勤苦书千卷。"离合法。"千"消减"一"与"卷"组合成底。"书"为抱合词。

载石归有郁林石(10画字)　　　　　　郴

注:面意据"郁林石"典故。离合法制谜。谜面自行抵消掉"石",再从"郁林"中消减掉"有",得底"郴"。

依山伴鸟隐一仙（10画字）　　　　　　　裊

注：离合法。"依山""鸟"消减"一仙"得
　　"裊"。

西楼鸡鸣风云阁（10画字）　　　　　　　格

注：拆字提音扣合。"楼鸡鸣风"四字的西边
　　（左边）部首组合成"格"，（木）+（又）
　　+（口）+（丿）=（格）。"云阁"提示
　　"格"字的读音。

后滩放鹤芦花低（10画字）　　　　　　　莺

注：离合法。"鹤"消减掉"滩"之后部
　　"隹"，得"一鸟"；"芦"消减掉底部
　　的"户"，得"艹"。（一）+（鸟）+（艹）
　　=（莺）。

白起拔鄢扩土归（10画字）　　　　　　　都

注：面取"白起拔鄢"典故。"起拔鄢"按
　　方位扣合得"阝"，与"白""土"组合
　　成底。

首止之盟践前约（10画字） 盏

注：面含"首止之盟"典。离合法。消减"盟"之首部得"皿"，"践"字前部约去，得"戋"，二部组合得底。约，省减。

关山明润一屏画（10画字） 朕

注：离合法。"关山明、一"四字减去"画"而得底。"润"，连接词。"屏"，除去，排除。

四方求马买骏骨（10画字） 唆

注：面取"千金市骨"典故。象形离合制谜。"四方"象形"口"，"求马买骏骨"叫入叫出得"夋"，组合得底。

中间莺啭鸣韵声（10画字） 晕

注：拆字提音扣合。"间""莺""啭"的中心部位为"日""冖""车"，三部组合得"晕"；"鸣韵声"提示"晕"字读音。

念起故居闻笛声（10画字） 敌

注：折字提音扣合。面意据"山阳笛"典故。"念起"，"念"字起始笔画为"丿"，与"故"组合成"敌"；"闻笛声"提示"敌"字的读音。

云接楼头高空舞（10画字） 桀

注：折字提音扣合。"舞"空掉上部，与"楼头"之"木"组合得"桀"。"云接"提示"桀"字读音。

余生同道逍遥游（10画字） 途

注：取"道""逍""遥"三字相同部分"辶"，与"余"组合得"途"。

雁字斜排天放晴（10画字） 倩

注：象形、会意兼离合。"雁字斜排"象形"亻"；"天"会意"日"，从"晴"中放开，余下"青"；"亻"与"青"合成"倩"。

约略烟蛾半蜡焰（10画字）　　　　　　　烛

注："烟蛾"指淡黑色的眉毛。明代洪昇《长生殿》有句："约略烟蛾态不胜。"离合双扣制谜。"约略烟蛾"，减损"烟蛾"二字一部分，余下前部扣"烛"；"蜡焰"之半亦扣"烛"。

隽词绝后知何人（10画字）　　　　　　　谁

注：拆字提义扣合。"隽词"二字减损后部得"谁"，"何人"提示"谁"的字义。

横槊赋后建安体（10画字）　　　　　　　案

注：面取曹操"横槊赋诗"典故。"槊"之后部"木"与"安"组合得底。"横""赋""建"为抱合词，"体"指字的形体。

消闲小住一日归（10画字）　　　　　　　涓

注：离合法。"消"减损"小"得"氵""月"，"日"减损"一"得"口"，三部组合得"涓"。

心闲度世诗先成（10画字） 谍

注：离合法。"心闲"取"木","诗先"取"讠",两部与"世"组合得底。

隔道梧疏五里雾（10画字） 格

注："五里雾"据典。拆字提音扣合。谜面顿读作"隔道/梧疏五/里雾"。"梧疏五"得"木口","里雾"取"夂",三部相加成"格"字。"隔道",提示"格"字的读音。

谷口闲云足底生（10画字） 烩

注：离合法制谜。"谷"消减"口"得"火","足底"为"人",两部与"云"组成"烩"。

广涉古书已三载（10画字） 唐

注：简繁转换离合成谜。"古书"为"書"（繁体字），消减掉"三",与"广"组合为"唐"。

辗转入川为酬和（10画字） 酒
注：离合法制谜。"酬"消减"川"，变化调整成"酒"。

计出买赋独念念（10画字） 读
注：面意取"千金买赋"典故。拆字提音扣合。"计"与"买"组合得底。"出"与"赋"为抱合词。"独念念"提示"读"字的读音。

城头画角未听休（10画字） 羞
注：离合象形提音扣合。"城头"为"土"，"フ"象形似角，"未"借代会意为"羊"，三部组合得底。"听休"提示"羞"字的读音。

"此曲只应天上有"（10画字） 莫
注：面为唐·杜甫《赠花卿》诗句。离合制谜。"曲"与"天"字素拆解重组得底。

月光如照人秀美（10画字） 娟
注：折字提义扣合。"月"与"如"合成
　　"娟"，"人秀美"提示"娟"的字义。

负米养亲终无复（10画字） 粒
注：面取"子路负米"典故。消减"亲"之终
　　部"朩"得"立"，与"米"组合成底。

湖中残棋人散后（10画字） 秴
注：离合法。"湖"中为"古"，"残棋"取
　　"木"，"人"消减后部得"丿"。（古）
　　+（木）+（丿）=（秴）。

此月过后，授以青紫（10画字） 素
注："青紫"本为古时公卿绶带之色，因借
　　指高官显爵，亦指显贵之服。"青紫"
　　消减"此月"得底。离合法成谜。

"才过几点黄昏雨"（10画字） 酒
注：面为宋•贺铸《篌水近》词句。会意
　　象形扣合。"酉"时指下午五点到七

点，即黄昏，"雨"象形"氵"，组合得"酒"。

先画两点，后画菱形（10画字）　　凌

注：取"菱"之下部"夌"与两点（冫）组合得底。

调白起至长平，起去也（10画字）　　砰

注：面取"长平之战"典故。调整"白"之笔画得"石"字，与"平"组合成"砰"。面中"起"通过"起去也"自行抵消。

阿兄前所托，后即寄郎君（10画字）　　啊

注：离合双扣。"阿"与"兄"之前部"口"组成"啊"，一扣；"寄郎君"三字之后部"可阝口"组成"啊"，二扣。

11画字

一直索取还缠绕（11画字）　　　　　　　　萦
注：拆字提义扣合。"一直"取"丨"，与
　　"索"组合得"萦"。"缠绕"提示"萦"
　　的字义。萦，牵缠，缭绕。

一载胆薪终出头（11画字）　　　　　　　　萌
注：离合法。"一载胆"叫入叫出得"明"，
　　"薪"之初始部取"艹"，组合得底。

五柳先生品自高（11画字）　　　　　　　　梧
注：五柳先生是陶潜别号。离合法制谜。"柳
　　先生"取"木"，"品"之高处为"口"。
　　（五）+（木）+（口）=（梧）。

布备点心宜从简（11画字）　　　　　　　　略
注：离合提义扣合。"点心"取"口"，与
　　"备"组合得"略"，形扣；"从简"即
　　简略，提示"略"的字义。

烟村半笼山如睡（11画字） 椒

注：离合法。"烟村"之半取"火""木"，与"如睡"之"山"（彐）组合得底。

上阳春尽深宫里（11画字） 唱

注：上阳宫是唐高宗时在洛阳的大型宫殿建筑群。温庭筠《清平乐》有句："上阳春晚，宫女愁蛾浅。"离合法制谜。取"阳春"之尽头而得两"日"，"深宫里"取"口"，组合得底。

罗织罪名言是非（11画字） 啡

注：离合提音扣合。由"罪名"消减"罗"得"啡"，叫入叫出之法，形扣；"言是非"，提示"啡"字的读音。

解愁之人是知交（11画字） 悉

注：离合提义扣合。消减"愁"之"人"笔画重组后得"悉"，"知"提示"悉"的字义。

天山一游可成行（11画字）　　　　　　　崎
注：离合法。"天山"消减"一"与"可"
　　组合得"崎"。

白头离叹赋叶题（11画字）　　　　　　　略
注：离合法制谜。"白头"取"丿"，与"叹"
　　和"叶"重组排列得"略"。

月散清光终可赏（11画字）　　　　　　　渍
注：离合法。"清"减损"月"，与"赏"之
　　终部"贝"组合成"渍"。

人有变故念旧交（11画字）　　　　　　　做
注：离合会意双扣。"人"变"亻"，与"故"
　　合成"做"。"旧交"，老朋友，会意为
　　"故人"；"故人（亻）"再次合成"做"。

笋头拨生声入耳（11画字）　　　　　　　笙
注：离合提音扣合。"笋"之头部与"生"组
　　合得底，"声入耳"提示"笙"字的读音。

眼未及处兰自发（11画字） 着

注：借代会意离合双扣。"未"为地支第八位，对应"羊"，"眼"会意为"目"，组合得"着"；"兰""自"直接组合亦成"着"。

立木求马买骏骨（11画字） 梭

注：面取"立木"和"千金市骨"典故。离合法制谜。"求马买骏骨"，叫入叫出得"夋"与"木"，组成"梭"。"骨"别解为字的骨架。

浪荡一点惹人追（11画字） 浪

注：离合法制谜。"浪"消减"一点"，再与"人"组合得底。

半吐清雅怀知音（11画字） 淮

注：离合提音扣合。"清雅"二字之半组合成"淮"，"怀知音"提示"淮"字读音。

云澹西湖秋灯里（11画字）　　　　　　淡

注：拆字提音扣合。"西湖"取"氵"，"秋灯里"取"火""火"，三部组合成"淡"。"云澹"提示"淡"字的读音。

挪用三载终没收（11画字）　　　　　　清

注：离合法。挪动"用"之笔画变为"月、丨"，"没"后部"殳"被消减得"氵"，三部组合得"清"。

一行离吴入宁化（11画字）　　　　　　寄

注：离合法。消减"吴"之"一"得"口""大"，分解"宁"得"宀""丁"，四部组合得底"寄"。

"金珠不载载石还"（11画字）　　　　　砼

注：面取陆绩廉石事，面句是后人吟赞陆绩的诗句。象形离合制谜。"金"之两点象形为"珠"，被消减后得"全"，再与"石"组合成底。

长空鸦飞穿渚前（11画字）　　　　　　　　鸿

注：离合法。从"空鸦"中消减"穿"得"工"
　　和"鸟"，与"渚前"的"氵"组合得底。

小令终成天池边（11画字）　　　　　　　　添

注：离合法。"令"之最终笔画为"、"，
　　"池"边为"氵"。（小）+（、）+（天）
　　+（氵）=（添）。

急入陕西藏行踪（11画字）　　　　　　　　隐

注：拆字提义扣合。"陕西"取"阝"，与
　　"急"组合得底；"藏行踪"提示"隐"
　　的字义。

日落枝头雁阵回（11画字）　　　　　　　　巢

注：离合制谜。"雁阵"象形"巛"，"枝头"
　　取"木"，与"日"组合得底。

太湖鼋头，白浪堆起（11画字）　　　　　　渚

注：无锡太湖鼋头渚公园有"万浪卷雪"景
　　观，谜面即言之。离合借代扣合。取

"浪""堆"二字的起始部分"氵",和"土"与"白"组合得底。"太湖鼋头"借代提义为"渚"。

用心读经转叙语（11画字） 续

注：拆字提音扣合。"读经"两字的中间部位组合成"续","叙语"提示"续"字的读音。

"更无雁字到愁边"（11画字） 悉

注：面系现代沈祖棻《浣溪沙》词句。象形离合制谜。"雁字"象形"人","愁"消减"人",重新组合得"悉"字。

回雁峰前，佳人有约（11画字） 崖

注：离合法。"雁、峰"二字之前部为"厂、山","佳"消减"亻"得"圭",三部组合得底。

奇文每赏，教诲终得（11画字） 敏

注：离合双扣。"奇文"扣"文",与"每"

组合得底，一扣；"教诲"二字之终部组合亦成"敏"，二扣。

应召赴节，游走刀口（11画字）　　　超
注：离合双扣。赴节，为保全节操而牺牲。

院里一角，草木横生（11笔字）　　　寅
注：离合法。"院里一角"取"宀"。"草木横生"叫入叫出，"横"字去掉"木"与"艹"，与"宀"组合得"寅"。

落叶叹白头，各自归田去（11画字）　略
注：面意取自"白头吟"和"解甲归田"。离合双扣。（叶）+（叹）+（丿）=（略），一扣；（各）+（田）=（略），二扣。

不舍言如昔，犹怜心如昔（11画字）　惜
注：会意提音会意离合四扣。"不舍"会意"惜"，"言如昔"提音。"犹怜"提义"惜"的含义，"心如昔"形扣"惜"。

山公启事推后杰（11画繁体字）　　　　　崧

注：面意源自"山公启事"典故。离合法。
　　"杰"后头"灬"被推去，扣"木"。"山
　　公"与"木"组合得底。

12画字

"明月净松林"（12画字）　　　　　　　棵

注：面系宋·欧阳修《自菩提步月归广化寺》
　　诗句。"明"减损"月"为"日"，与
　　"林"参差组合得底。

"三品且饶松"（12画字）　　　　　　　晶

注：面系唐·李商隐《垂柳》诗句。离合法
　　制谜。"三"与"品"组拼成"晶"字。

横林秋尽浑如燃（12画字）　　　　　　焚

注：折字提义扣合。"秋尽"取"火"，与
　　"林"组合得"焚"。"浑如燃"，提示
　　"焚"的字义。

墓下攀柏发楚声（12画字）　　　　　楮

注：谜面据"攀柏"典故而拟句。拆字提音扣合。"墓下"取"土"，与"柏"组合得"楮"。"发楚声"，提示"楮"字的读音。

秋日香飘上林间（12画字）　　　　　焚

注：离合法制谜。"秋日"消减"香"得"火"，与"林"组合成"焚"。"上林"即上林苑，泛指帝王之园囿。

夜长梦短添相思（12画字）　　　　　森

注：离合借代会意制谜。"夜"即"夕"，"梦"消减"夕"得"林"；"相思"借代"木"。组合得底。

如今高推二王帖（12画字）　　　　　琴

注：面意言王羲之、王献之书法事。离合法成谜。"今"的上方贴合两个"王"字成为"琴"。

琅琊台前人巧遇（12画字）　　　　　　琴

注：离合法。取"琅琊台"三字的前部"王""王""厶"，与"人"组合得"琴"。"巧遇"提示"厶"的笔画变化。

二月十日云散尽（12画字）　　　　　　晴

注：拆字提义扣合。"二月十日"组合得"晴"，形扣；"云散"即天晴，提示"晴"的字义。

岩柳初发莺终归（12画字）　　　　　　崭

注：离合法。取"岩柳"之初始部"山""木"，与"莺"之上部"艹冖"组合得底。

各行一方大漠远（12画字）　　　　　　落

注：谜面顿读作"各/行一方大/漠远"。"方"形扣"口"，"漠"消减"一""口""大"余下"艹氵"，与"各"组合得底。

报李寄字长不达(12画字)   椅

注：报李，朋友间馈赠酬答之典。《诗经·大雅·抑》："投我以桃，报之以李。"离合法制谜。谜面顿读作"报/李寄/字长不达"，"李""寄"消减"字"得"椅"字。

陈王狂放建安骨(12画字)   猖

注：陈王，曹植，钟嵘曰其"骨气奇高，词采华茂"。离合法制谜。"狂"减损"王"，与"骨"组合得底。

千里横隔一笺疏(12画字)   筏

注：离合法。"横"借代"一"，"千"减损"一"得"亻"，"笺"消减"一"得"𥫗"和"戈"，组合成"筏"。

花前偶尔记起你(12画繁体字)   萬

注：离合法。"偶尔"消减"你"得"禺"，与"花前"之"艹"组合成"萬"。

黄云江面自在流（12画字）　　　　　　　　湟

注：拆字提音扣合。"自"分解为"一"与"白"，与"江"组合得底"湟"。"黄云"提示"湟"字的读音。

似飞羽书来未绝（12画字）　　　　　　　　翔

注：拆字提义扣合。"未"借代扣"羊"，与"羽"合成"翔"。"似飞"提示"翔"的字义。

花开香散入帘底（12画字）　　　　　　　　棉

注：谜面化自唐代白居易诗句："花开香散入帘风。"离合法制谜。"香"散开可得"木、白"，与"帘底"之"巾"组成"棉"。

13画字

闲游一品虚度日（13画字）　　　　　　　　榈

注：离合法制谜。"闲""一品"消减"日"得出谜底"榈"。"虚度"起减损作用。

料得齐相攻心计（13画字）　　　　　想

注：面意取自"二桃杀三士"典故。"齐相"指晏子。拆字提义扣合。"相"与"心"组合成底，形扣。料，料想，提示谜底"想"的字义。

荒冢残垣暮日落（13画字）　　　　　墓

注：拆字提义扣合。"残垣"取"土"，"暮日落"为"莫"，组合得底，形扣。"荒冢"提示"墓"的字义。

谷底萤光似流星（13画字）　　　　　蓉

注：离合象形扣法。"底萤光"消减"萤"之底部得"艹冖"，"丶"似流星。（谷）+（艹）+（冖）+（丶）=（蓉）。

高台低览白云笺（13画字）　　　　　魂

注：面取"白云笺"典故。"高台"取"厶"，"低览"取"儿"。（白）+（云）+（厶）+（儿）=（魂）。

清泪半掩垂青目（13画字）　　　　　　　睛
注：离合双扣。"清泪"掩去半部组合得
　　"睛"字。"青目"合之亦成"睛"。

回廊一角叶离离（13画字）　　　　　　　鄙
注：离合法。"廊一角"取"阝"，与"回"
　　和"叶"组合得底。"离离"提示"叶"
　　的笔画位移。

身旁案后几卷书（13画字）　　　　　　　躰
注：离合法。"案"之后部为"木"，"身"
　　与"木"加上"几"组合成"躰"字。

缘木求鱼戒后人（13画字）　　　　　　　稣
注：离合法。减损"人"之后部得"丿"，
　　与"木"和"鱼"组成"稣"字。

大理日落各自归（13画字）　　　　　　　漠
注：离合法。"落"减损"各"得"艹、氵"，
　　与"大"和"日"组合得底。

夜起怀乡难前行（13画字） 雍
注：离合法制谜。"夜"的起始部分取"亠"；
　　"难"的前头行去，余"隹"。（亠）+
　　（乡）+（隹）=（雍）。

修心如兰伴君前（13画字） 群
注：离合法。"修心"取"丨"。（丨）+（兰）
　　+（君）=（群）。

西到西域，东到东瓯（13画字） 甄
注：离合法。"西域"取"土"，"东瓯"取
　　"瓦"；第一个"东"则提示"瓦"位
　　居谜底"甄"字的东部（即右边）。

莺鸣鸟直飞，渺渺重山小（13画字） 嗓
注：离合兼象形扣合。"直"指笔画"丨"，
　　"莺鸣"消减"鸟、丨"得"十、口、
　　冖"。"幺"象形重山。（十）+（口）+
　　（冖）+（幺）+（小）=（嗓）。

14画字

一伙发小整日聚（14画字）　　　　　　　僚

注：离合法。（一）+（伙）+（小）+（日）
　　=（僚）。

行草纵横大手笔（14画字）　　　　　　　摹

注：离合法制谜。"纵横"指笔画"丨一"，
　　"草"消减"丨"与"一"（纵横）得
　　"艹""日"，与"大""手"组合得底。

"樱桃红颗压枝低"（14画字）　　　　　　夥

注：面系宋·晁补之《浣溪沙》词句。面句形容
　　果实多，会意扣"果多"，合之成"夥"。

15画字

羽书前至要简言（15画字）　　　　　　　翦

注：拆字提音相扣。"羽"与"前"组合得
　　底，"简言"提示"翦"的读音。

上党归赵有错失（15画字）　　　　　　　趙

注：面取自"上党之争"和"长平之战"典故。离合法。"上党"取"尚"，消减"赵"之"错"（符号为×）得"走"。（走）+（尚）=（趙）。

采石矶前石叠石（15画字）　　　　　　　磊

注：拆字提义扣合。"采石矶前石"，三"石"得底。"叠石"提示"磊"的字义。

每逢初雪赏白梅（15画字）　　　　　　　霉

注：拆字提音扣合。"每"与"初雪"之"雨"组合得底；"白梅"提示"霉"字的读音。

霍然低落草前停（15画字）　　　　　　　蕉

注：离合法。"霍然"二字底部为"隹灬"，与"草前"之"艹"组合得底。停，抱合词。

多笔画字

云临雨润梅梢头（多笔画字）　　　　　　霖
注：拆字提音扣合。"梅梢"前部为"林"，
　　与"雨"组合得"霖"。"云临"提示
　　"霖"的读音。

投石入水没出声（多笔画字）　　　　　　磬
注：离合法制谜。"石、没、声"减损"氵"
　　组合得底。

璧月堂下玉月隐（多笔画字）　　　　　　壁
注：璧月堂，宋代词人贺铸所写的一首词，
　　其中有句："梦草池南璧月堂。"抵消法
　　制谜。"璧月"隐去"玉月"得"辟"，
　　与"堂"下之"土"组合为"壁"。

墙下挖土埋玉璧（多笔画字）　　　　　　壁
注：拆字提义扣合。"挖土埋玉璧"增损扣
　　出"壁"；"下"为抱合词，指示"土"
　　之方位。"墙"提示"壁"的字义。

安住一周，终得雅调（多笔画字）　　雕
注：离合双扣。"住一周"整合安装得
　　"雕"，一扣；"雅调"二字之终端部分
　　组合得"雕"，二扣。

游缰向西佩弓行（多笔画繁体字）　　彊
注：离合法。消减"缰"之西部（即左边），
　　与"弓"组合得底。

"平林漠漠烟如织"（多笔画字）　　檬
注：面为李白《菩萨蛮》词句。以"蒙木"
　　会意扣合面句之意。木，树木，林木。

"璧月光中玉漏清"（多笔画字）　　臂
注：面为宋·向子谭《浣溪沙》词句。"璧
　　月"消减"玉"得底。"光、漏、清"
　　起减损作用。

飞沙渺渺西行难（多笔画字）　　瞿
注：离合法制谜。减损"渺渺"之"沙"得
　　"目目"，消减"难"之西部得"隹"，

前后组合得"瞿"。

陈登几曾卧下床（多笔画繁体字）　　櫈
注：面意源自"元龙高卧"典故。"曾"通
　　"增"，增加；"下床"得"木"。（登）
　　+（几）+（木）=（櫈）。

择业西亚去贩蕉（多笔画字）　　　　醮
注："西亚"消减"业"得"西、一"，与
　　"蕉"组合得底。"择"起减损作用，
　　"贩"起抱合作用。

作品赏析

仪态横生大夫松（少笔画字）一

郑百川/赏析

《史记·秦始皇本纪》有载，秦始皇登泰山，"风雨暴至，休于树下，因封其树为五大夫"。"五大夫"本是战国时期之官名，《集解》曰："五大夫，第九爵也。"《史记》于此并未载秦封之树何名、几株。《艺文类聚·汉官仪》中始言为松树，"五大夫"遂成松的别称。《幼学琼林》："松号大夫"本此。而"大夫松"历代多见吟咏，梁·萧统有"遥笼大夫之松"句；唐·王维有"青松学大夫"诗；元稹也曰"松堪作大夫"，多人之作唯以"大夫"称松而已。北周·庾信有"山封五树松"句，把本属官职的"五大夫"认定为五株松树了。至于唐代陆贽诗云"不羡五株封"，五代·徐夤亦云"五树旌封许岁寒"。不过一株松也好，五株松以至一片松林亦罢，泰山之古松，久经风欺雪压，枝干多呈横垂之势，作伞盖之状，是足以遮蔽风雨的。

谜以典故设面，重在描绘泰山松树之仪态，构句不可谓无据。以"一"字为底之谜，谜作颇多，佳制不少。本谜得力于汉字"鬆"之简化为"松"，使"大"得从"夫"字中松（散）去而成"一"，甚是简捷。但如此成谜，难免会有浅白类乎童谜之讥，故作者别生机杼，先于面上用"仪态横生"描摹"一"字之状，使简捷变繁复，更让面句生动且富诗意。

一谜用摹形、拆字二法而化入典故之中，可见作者对字谜细化追求之力。

天涯孤云是心寄（少笔画字）一

田鸿牛/赏析

品读谜题，忽然忆起唐代大诗人李白的"我寄愁心与明月，随风直到夜郎西"和白居易的"临别殷勤重寄词，词中有誓两心知"。阅古览今，其诗句中无不充满了哀怨、相思。心头最苦是什么？人生最苦是相思！对于相思，李白直呼——长相思，摧心肝！难道谜作者也与"李、白"二位先贤一样为情所困，百转柔肠，裂肺摧心，吟诗抒怀吗？非也！

作诗制谜，一谜三扣：天涯，天之边际，取"天"上边而扣"一"；"孤云"会意可扣"一"；"是"之心部为"一"。真可谓丝丝入扣，一气呵成。一个"寄"字，引线穿针，缀成珠玑，推字敲句，渐入化境，如此自然，实为灵动所致。

"一"是汉字中笔画最少的字。上海顾为善先生曾发起"一"字谜创作活动，佳作迭出，不胜枚举。武骝先生的"终生念伊减姿容"和"云开雾霁五更初"，技法迥异，各有千秋。

一代大师柯国臻曾评析"一"字谜"春雨绵绵妻独宿"，柯言之："连次递减，法甚潜默，意无重语，自然透露，不着痕迹。"同为"一"字谜，柯老之言，借来对苏剑先生此谜进行诠释，也可谓珠联璧合两相宜。

有道是：春雨绵绵妻独宿，终生念伊减

姿容,天涯孤云是心寄,云开雾霁五更初。究竟是诗优,还是谜佳? 是谜优,还是诗佳? 难以分伯仲,赏心自为喜。

"只有蝴蝶双飞来"(少笔画字)口

尚　华/赏析

松下柴门闭绿苔,只有蝴蝶双飞来。
蜜蜂两股大如茧,应是前山花已开。
——宋•饶节《偶成》

细读斯谜,爬罗其中。万卷山积,一册在手,诗意涔涔,谜思涓滴。茗香氤氲,烟气缭绕,田园蝴蝶,幻化眼前,是纵斯谜之所至。"口""只"区别,"蝴蝶双飞",象形添补,提字叫入。谜有加法,增损其道,张之于意,计算于心,乃得斯谜之扣合。"蝴蝶"描摹,谜固常套,"亦"字其状,大抵为是,斯谜用"八",特定情态,指而可想,旷而且真,以为斯谜之妙笔。谜故有不变之常理,无有不变之成法,"亦"以经年,法而为理,"八"施即景,活法有理,妄解斯谜之变通。眼里有筋,具游戏之三昧,"不从糟粕,安得精英!"(《续诗品•博习》)仰制者之渊深。"惟思之精,屈曲超迈,人居屋中,我来天外。"(《续诗品•精思》)说斯谜之滋味。

"清浅萦纡一水间"(少笔画字)戈

郑百川/赏析

唐代诗人唐彦谦,号鹿门先生,咸通进士,光启末贬汉中掾曹,时杨守亮镇兴元,被署为判官。其间,写了一首题为《兴元沈氏庄》的诗:"清浅萦纡一水间,竹冈藤树小跻攀……"主要描写所见的"沈氏庄"景色。

本谜以诗之首句为面,猜一"戈"字。其面中"萦纡"一词,原意应为"旋回攀绕",然而,"萦"字有拘牵之义,如晋•陶潜诗"不为好爵萦",其意为"不为好的官位所牵系";"纡"字有一义是"系垂",如汉•张衡《东京赋》:"纡皇组,要干将。"

（皇，通"煌"；要，通"腰"）它是说"系着盛美的带子，腰里挂着宝剑"。故"萦纡"亦可作牵系而解，入谜就成了绾结字部之提示词，解决了"萦纡"一词在诗句里的原义与入谜之作用。"清"字取义"尽、完、一点不留"以作"除"解；而"间"在诗中本是方位词"中间（jiān）"，析谜则须别读为jiàn，作动词"隔、空"用。于是"清浅萦纡一水间"就变成"清除间隔系于'浅'字中之'一'和'水'"，最终只剩下"戋"部了。

制作字谜，首先要清楚地了解具体汉字的笔画结构、本义旁义，充分利用汉字的一字多部（多笔）、多音、多义的特性，去进行增损离合，而谜法之引入应用，则是随底材之需而变的。就本谜而言，用的就是"拆面就底"之法。值得一提的是，谜作以成句为面，先得诗意之美，再味运法之妙。读谜，人恒称之为"享受"，诚然。

"人生若只如初见"（少笔画字）贝

蔡　芳/赏析

题面是纳兰性德《木兰词·拟古决绝词》的起句，词作者乃清代最为著名的词人之一。纳兰此词以一失恋女子的口吻谴责负心的锦衣郎。"人生若只如初见，何事秋风悲画扇？"本来两情相悦，恨不能朝朝暮暮，然而如若知道迟早分离，倒不如保持"初见"时那种若即若离的美好。纳兰这句词，极尽婉转伤感之韵味，失恋女子的爱恨情殇异常痛切，短短一句胜过千言万语，人生种种不可言说的复杂滋味都涌上心头而倾注于此，叫人感慨万千。

词句的内涵是极为复杂的感情世界与人生感悟，单字谜底肯定容纳不下这种意象，注定了此谜运用的是离合手法。"人生若只如初见"，七字中仅"人"与"初见"（"见"字初始部分，取字素"冂"）是参与扣合的成分，字数占大头的"生、若只如"

仅起组合衬托作用。"生",产生,表示字素添加;"若",要是;"只如",只像。经别解催化,谜面变义为"'人'字要是产生(添加)了只像'初见'(冂)的字素",几经转折指向了谜底"贝"字,以繁驭简,干净利落。

为笔画少的字制谜,很容易流于简单扣合的儿童谜(如:以"人初见"为面即可扣"贝"字)。此谜"人"与"初见"是必不可少的硬件,如骨骼和血肉,"生、若只如"就像筋络和软组织,赖以将骨骼与血肉结合起来,组成丰满的躯体。尤其是能够觅得名家名句来做离合体字谜的谜面,又能丝丝入扣,更是可遇而不可求,因而令人好感倍增。

拾级直上摘星阁(少笔画字)书
王绍宽/赏析

书,我们经常读之;而以"书"为底,谋求一个谜面,恐怕不是一件容易的事。这一常见的方块字，非左右结构，也非上下结构，且不是半包围、全包围或品字型结构，它是一个十分特殊的独体字，况且由于笔画不多，创作难度相对较大。在浩繁的谜海里，以一个"书"字为底的灯谜不多，在我读过的"书"字谜中，多感平平。今读苏剑先生的中国传统"八雅"谜作时，我不禁为这"书"字谜拍案叫绝！

　　读谜赏谜，顿觉景致怡人。虽然没有毛主席重上井冈山那"可上九天揽月，可下五洋捉鳖"的豪迈气概，但唐人杜光庭"举首摘星河有浪，自天图画笔无钩"的浪漫，宋人黄庚"屹立浮图可摘星，吟边喜与客同登"的悦人，与目下"拾级直上摘星阁"，同样让我们共享欢愉，如沐春风。

　　该字谜采用象形手法，十分形象生动。拾级，象形梯级存在，将一个"㇇"和一个"𠃌"比拟为两个梯级；"直上"则以笔画"丨"接上了事；而"摘星阁"者，乃沿着山路拾级向上，来到了仿若接近云端之"摘星阁"，把"星"继续象形为"丶"，"阁"

则通假为"搁",于是搁置于此。整个题面,有如拾级而上,登峰造极,让读者一同走上至高境界。

三过不入,撇下一切(5画字)玉

郑百川/赏析

古代神话传说,大舜之时,"汤汤洪水方割,浩浩怀山襄陵",百姓都浸在水里,禹奉帝命,承其父鲧(gǔn)治水,堙塞疏导并用,疏通水道,填塞洼地,会群神,降水怪,亲自劳作,化熊开山,《孟子·离娄下》谓其"三过其门而不入",手足胼胝,治水十三年,终于"平水敷土,安定民生"。三过家门而不入,后来成了官员忠于职守、公而忘私的褒词。

读谜面"三过不入",不由使人想到了大禹,鲁迅先生《故事新编·理水》写到大禹向大舜汇报治水经过时说:"我讨过老婆,四天就走,生了阿启,也不当他儿子看,所以能够治了水。"由此觉得谜面的下句"撇下一切"不为赘语——大禹为治水,过门不入,生儿不顾,真的是"撇下一切"了。

如此面句,猜出谜底,却是"玉"字,原来作者是用个"三"字,让"不"字过而入之,欲成"玉"字,却多了"丿(撇)"和"一",于是"撇"下,"一"切,共去除之。"三过不入"思路奇绝,"撇下一切"手段狠辣。真是匪夷所思,虽云"穿天心、出月胁"不为过也。

寻香梅先开,逊雪三分色(5画字)白

杨基平/赏析

一则离合会意双扣法灯谜,把我带进梅的诗章。我走过了秦朝的古道,走过了唐宋的驿道,走过了明清的石板,穿越千年的历史隧道,静静地站在梅树下,睹一睹梅的芳容,品一品梅的芬芳。

"寻香梅先开,逊雪三分色。"在卢梅坡《雪梅》的意境中,我站在你的面前,与

你默默对视。一阵又一阵的寒风在我耳边呼啸而过。而你,依旧屹立枝头,风骨铮铮,冰清玉洁。疏影,斜枝。暗香,傲骨。寻"香"乎?"梅"先开!你枝头的梅花轻摇细晃,仿佛随风十里雪香来,沉浸其中。我从"香"中先折"梅"("香"中消减"梅"之首部"木"而得谜底"白"字),那个"白",虽"逊雪三分色",但每一朵花瓣,无不沾染着傲骨寒风;每一缕芬芳,都在展示着高洁志趣……

飘零到此成何事,结得梅花一笑缘。古道上,曾经高谈阔论的得意远去了;古道上,曾经怀才不遇的才子远去了。多少繁华,多少热闹,在你眼前已是过眼烟云;多少落寞,多少叹息,也已随风渐渐远去!高楼吹玉笛,片片是梅花。此刻,我多想化作路旁那株翠竹,年年月月与你相伴,一如追求春天的风绿在三月的怀中。

白衣人到君前来（6画字）伊

蔡　芳/赏析

南朝宋人檀道鸾在《续晋阳秋》中记载了一个故事：东晋时期辞官归隐的大诗人陶渊明，清贫躬耕终生。有一年重阳节，因为家贫没酒喝，心情特别烦闷，独自到东篱下采了一大束菊花，坐着发呆。就在这时，他看见一个穿白衣的人向他走来，说是奉江州刺史王弘之命前来给他送酒的。王弘喜欢结交天下名士，曾多次给陶渊明送酒。渊明大喜，接过酒立即畅饮，至醉而归。据说渊明酒酣诗兴大发，吟成了著名诗篇《九日闲居》。这就是"白衣送酒"的典故。

谜作只是借典为面，扣合与典源全然无关。"白衣人"不再是送酒的使者，"君"亦不是指陶渊明，并且"白衣"与"人"要断开，将谜面分成两节，顿读作"白衣/人到君前来"。人到君前来，即"人"（亻）与"君"字前半（尹）合成"伊"，轻而易举推出谜底。谜里机关还在于"白衣"二字，"白"有"陈述、说"之义，"白衣"别解为"说出来是'衣'的声音"，用以辅助提示谜底"伊"字读音与"衣"相同，拆字、提音两法呼应而确保谜底的唯一性。

此谜顿读设计很是巧妙，提音与拆字的分节点就在顿读之处，并且提音之词隐藏在不易被人发现的语词之中，扑朔迷离，亦隐亦显，把回互其辞的艺术魅力发挥得淋漓尽致。

仁公羊续，未至三公（7画字）伴

蔡　芳/赏析

羊续（142—189），东汉时期的大臣，中国历史上著名的廉吏。羊续最令人称道的是"悬鱼拒贿"和"拒妻入城"两桩轶事。羊续在南阳郡太守任上时，郡丞得知他爱吃鱼，就特地送了一条鲜活的大鱼来。羊续接受后将鱼挂在厅堂之上。府丞再次送鱼来，羊续就指着悬挂的鱼给他看，以示拒绝。从此，再也没人敢送礼了。羊续独自一人在城里做官，家人一直住在乡下过着俭朴生活。他的妻子带着儿子到南阳郡去投靠他，羊续闭门不让妻子进入，仅让儿子进屋。他向儿子展示自己的所有：布被、短衣、盐和麦数斛而已。他对儿子说："我的财产就这些，连我自己都难养活，你让我怎么留下你们？"然后让妻儿返回原籍。

羊续清廉如此，称之"仁公"名副其实。中平六年（189），汉灵帝任命刘虞为太尉，刘虞推辞，推荐更为贤能的羊续担任，灵帝便下诏书任命羊续为太尉。当时官拜三公（朝廷地位最尊显的三个官职的合称，后汉以太尉、司徒、司空为三公）的人，都要缴纳一千万的礼钱，由宦官担任使者收取。羊续拿出一件破旧的棉袄说："臣能资助的，就这件棉袄而已。"宦官返回朝廷向灵帝汇报，灵帝大不高兴，于是作罢，故而羊续"未至三公"之职。谜面写的就是这个历史故事。

谜作扣合纯用离合法，"续"为接续

（寓意加字用），"未至"指没到（寓意减字用），谜面即转化成文字（或字素）的加减变换操作，举重若轻组拼出谜底：（仁公）+（羊）-（三公）=（仁公-公）+（羊-三）=（仁）+（丫）=（伴）。此谜离合脉络清晰，衍消得当，同时潜藏着"（仁）+（丫）=（伴）"交叉组合的变异技巧，让简单离合增加了曲度，也为猜射加大了思索的空间。谜面用典虽然只是障眼法，但有效地增加了文化成分和文学品位，谜里乾坤，峰回路转，更加引人入胜。温史明典，清廉典范在前，让人们在解谜赏谜的过程中长知识、受教益，更是此谜的积极作用。

寒烟初透，宫烛半燃（7画字）灾

天　涯/赏析

初读谜面，不由让人联想到唐代诗人韩翃那首著名的七言绝句《寒食》：

春城无处不飞花，寒食东风御柳斜。

日暮汉宫传蜡烛，轻烟散入五侯家。

寒食是中国古代传统节日，在清明前一两天，按风俗家家禁烟火，吃冷食，故名寒食。谜面取其关键字"寒""烟""宫""烛"进行创作，准确把握了原诗的"诗眼"，因而能迅速抓住人的眼球。绝句本来就是高度浓缩的艺术作品，而灯谜篇幅更加短小，要在不到十字的谜面体现原诗句的主要意思，殊为不易，这也是优秀化典离合谜的关键之处。

再看扣合，前句"初"，后句"半"，实则都是拆字谜的惯用方位字。谜面前后两句各取"寒""烟"的初始部分和"宫""烛"的一半，分别组合得底"灾"，通俗易懂，属于"浅近"之作，尤其适合大众悬猜。虽说本谜单句均能成谜，但都略显单薄，而两句并列形成双扣，则有效弥补了这种缺憾。所以谜虽浅近，却不简单。

底面齐看，《寒食》诗写得清新轻灵，但其实却暗藏嘲讽之意，讽喻皇宫的特权和宦官的专宠，因此本谜的谜底用一个"灾"字进行总结，也就显得十分自然了。

写完这篇谜评，时过凌晨，突然发现，今天已经是2019年4月4日了，恰好就是寒食节，也许这就是缘分吧。

始知古有直钩钓（8画字）刮

郑百川/赏析

《武王伐纣平话》："当日，姜尚西走至岐州南四十里，……有磻溪之水，姜尚因命守时，直钩钓渭水之鱼，不用香饵之食，离水面三尺，尚自言曰：'负命者上钩来。'"这就是古代传说的"姜太公钓鱼，愿者上钩"之出处。唐·骆宾王《应诰》曰："夫垂竿而为事者，太公之遗术也。……夫如是者，将以钓川邪？将以钓国邪？"后来，"直钩钓国"成了"求用于国"的指称。

谜面的"直钩钓"出语应本于此。然而谜人作谜，亦服务底材，借辞措面而已，"典实"也者，幌子虚悬罢了。

面句"始知"，原不知现方知也，

然"始"乃最初、开头也,"知"之初为"丿";"古"字明用,合撇为"舌";"直"取其状"丨";"钩钓"象其形"亅"。于是诸部合而成底字"刮"。

汉字一字多部,就"刮"字而言,乃"舌"与"刂"二部组成。而谜法上的所谓"一字多部",则常常不按真正意义上的"偏旁部首",而随意取拆,将个"刮"字看成"丿古丨亅",自是谜人独具的法眼。至于借用典故,虚悬事实,以达其拼拆之目的,则为制谜人的特有手段。

白起夺郢终立封(8画字)陌

莫志刚/赏析

借典为谜所用,既要承其事绪,还须与古出新,方能情思隽永,耐人寻味。白起(?—前257),《战国策》作公孙起,其善于用兵,与来自楚国的秦宣太后异父同母的长弟——穰侯魏冉的关系很好。他在秦昭王时征战六国,为统一六国做出了巨大的贡献。曾在伊阙之战大破魏韩联军，攻陷楚国国都郢城，长平之战重创赵国主力，功勋赫赫。此次作战的胜利使得秦国获得了楚国大量国土，同时也对楚国予以了沉重打击。白起在担任秦国将领30余年间，攻城70余座，歼灭近百万敌军，故被封为武安君。题面即为此史。

作者从追溯其史入手，自拟"白起夺郢终立封"为面，得托典喻人之趣。再看扣合：消减"郢"之起始部得"阝"，取"立"之底部"一"，（白）+（阝）+（一）=（陌）。"起"为方位词，"夺"为消减词，"终"为方位词。抽丝剥茧，其行无阻。

吾以为字谜借典甚难，做到以下几点方可。其一，据典可靠，可传可诵；其二，故事完整，画面清晰；其三，底材字素，完整无缺。作者熟悉典故，游刃有余，由然已解；望文生义者则跋前踬后，动辄迷惑。未知诸君然否？

嵩山高隐得善终（8画字）咄

杨基平/赏析

嵩山最早的隐居者应该是周代的李浮丘、王子晋，据传他们在嵩山隐居修炼、吹笙唱歌，最后都修成正果，得道成仙。自秦汉以后，前往嵩山隐居的人如走马灯般络绎不绝。武攸绪是武则天的侄子，他在前半生中，一直蒙受着武则天权位的恩泽，先后做过殿中监、扬州都督府长史等职，后来被封为安平郡王的爵位。公元696年，武则天到嵩山封禅时，武攸绪随行前往。到嵩山后，他陶醉于这里的青山丽水幽雅静谧，觉得这里是个隐居的好地方，就向武则天提出了辞官的请求。过了段时间，他还在山下买了田地，自己和家里的仆人一起耕作，和当地的老百姓没有什么不同。这时的武攸绪，天天种地、治药、弹琴、读书，已经全然是一个世外之人，对尘世中事不闻不问。正是由于武攸绪看破红尘，躲避朝廷中的尔虞我诈、血雨腥风，明哲保身，不再踏入人间是非，最终在李氏家族的"大清洗"中躲过了一劫，免遭杀身之祸。武攸绪后来一直在嵩山隐居，至公元724年69岁时善终。谜面用典即出于此。

作者拟句谋面，化有典于无形，宛如大匠运斤，不见斧痕；揉离合于机杼，揭底若曲径通幽，柳暗花明。"嵩山"隐去"高"字而余"山山"，与"善"之终部"口"组合，"咄"字乃出。可谓设想丰富，结构精巧，脉络清晰，浑成自然。余读斯谜，更赞此乃一则谜外生情的艺术作品。

武攸绪的隐居，并没有什么特别之处，只是他提前在身份显赫、纸醉金迷中察觉到了潜伏的危机，并且及时投身事外，果断地退后一步，因而在危险真正来临的时候躲过了一劫。中国古代宫廷斗争，其血雨腥风的惨烈程度非常人所能想象，弑父杀兄、血洗一门之事不胜枚举。有多少皇家贵族能做到清醒地远离政治斗争旋涡，避开贪恋权势带来的杀戮？武攸绪高隐得善终,是否给我们带来点灯谜之外的借鉴和思考呢?

关山新姿云霞吐(9画字)峡

蔡 芳/赏析

关山,甘肃省天水市山岳,古称陇山,又称陇坻、陇坂、陇首。《太平御览·地部十五·陇山条》载:"天水有大坂,名陇山……其坂九回,上者七日乃越。"关山(陇山)自古为陇右要冲,关中屏障,是古代的军防重地,也是古代丝绸之路关陇大道的必经之路。关陇古道,连接着关内八百里秦川和天水,曾经车流阵阵,人声鼎沸,异常辉煌。到了唐代,关陇古道更为兴盛,成为一条流淌着诗歌的古道。

"关山新姿云霞吐",在如诗如画的意境中,还有充满妙趣的灯谜景象。谜面分为两部:"关山新姿"别解为将"关山"二字的笔画与字素拆分重组,成为新的姿态"峡"字,这种变换是新创,称"新姿"名副其实。"云霞吐"又藏玄机。"云霞"本是彩云和彩霞,而"云"在古汉语中假借为"说"之义,"云霞"则别解为"说出来是'霞'的声音",用以提示谜底"峡"字读"霞"之音。"吐"在谜面系"显露、呈现"之意,扣底时应解作"说出",补足"云"字别解后的语义。提音词"云、吐"别辟蹊径,不露痕迹,深得回互其辞之要旨。常用之法竟能演绎得如此扑朔迷离,惑倒几多谜者。

"关山难越,谁悲失路之人?"关山是历史上有名的难越之山,古人到此,多有哀叹。如今历史在前进,社会在进步,关山也以新的面貌展现在世人面前。谜面正是新时代关山雄姿的壮美画卷,云蒸霞蔚,气象万千,可谓画中有谜,谜中有画,佳矣哉!

心宽琴闲品香茗（9画字）茶

杨耀学/赏析

这条字谜是苏剑先生"中国传统八雅"系列灯谜之一。作为"八雅"之一的茶，是中华民族的举国之饮。中国茶文化糅合了儒、道、佛诸派精神，成为中国文化的一朵奇葩，芬芳而甘醇。本谜形义合扣，成绝妙之作。"香茗"是好茶，饮茶就是品茗，而前四字的形扣，不仅谜路新颖，贴切到位，而且触摸到了品茶的心境，堪称经典。心宽琴闲，谜义是取"宽、琴、闲"三个字的中心，用"心"涵盖后面三字之中间部位。此三字是上中下结构或内外结构，皆有"心"可取，得到"艹、人、木"，共组为"茶"。难得的是顺序也未变。当茶遇上诗，字字飘香气；当茶进入谜，笔笔皆怡情。心宽琴闲，在取形扣字的同时，传出了品香茗的"宽、闲、静"的个中三昧。品一杯香茗，抱一世宁静，不仅心宽意旷，连抚琴的动作也停下来了，静极了，美极了，一任茶香荡涤灵魂。人生如茶，尘心洗净，回归一颗平常心。这是悠闲的慢生活，这是安静的雅境界，这是淡泊的真情趣。苏东坡云：茶境空灵虚静，茶道天人合一。一壶茶清洗了为生活奔波而疲惫了的心，品的是茶，论的是道。茶道乃东方文化，本谜足以当之。

关于"茶"字的谜作很多，也不乏佳作，其中最简的是"人在草木中"。细析"茶"的各谜，这条最为高雅。一壶茗香遍谜坛，千古品茶成佳作。此茶道也，此茶韵也，一盏香茗复何求？

湖中残棋人散后（10画字）秙

田鸿牛/赏析

"琴、棋、书、画"是中国古代四大文化艺术，源远流长。在古代它们是文人骚客修身所必须掌握的技能，今天常用它来代表人的文化素养。弈棋，则更多见于文人骚客人际交往中。君不见古代诗卷中有多少关于"棋"的诗句:"有约不来过夜半,闲敲棋子落灯花。"(宋·赵师秀)"老妻画纸为棋局,稚子敲针作钓钩。"(唐·杜甫)

谜人苏剑将唐代温庭筠"湖上残棋人散后"诗句巧改为"湖中残棋人散后",令人迅即联想到微波荡漾的湖光水色,在野鸭戏水、菱藕出塘、稻谷飘香的氛围中,温庭筠与好友李商隐在湖中石凳上对弈不知多少回合,仍不见分晓,遂留下一盘残棋,各自散去。谜题就像是一幅水墨丹青,无限意境引人入胜。

谜人借诗人之手巧布障眼之术,利用灯谜离合法制作出此谜。"湖"中为"古","残棋"取"木","人散后"是将"人"字后边的"乀"散去不要了,仅剩下"丿",再与"古""木"组合成谜底"秙"。成谜以实化虚,彰显增损之趣。正如谜坛泰斗吴仁泰所言:"底面相扣,极见工整。题文无一闲字,结构甚为严谨;底字不落空泛,技巧宜称精湛。"

本谜化用古人诗句为题,犹如在诗海中拾贝,"众里寻他千百度",寻得丽句,还真是要下些功夫。

载石归有郁林石(10画字)郴

杨耀学/赏析

题面取意"郁林石"典故。传说三国时代吴国陆绩在任郁林太守期间,为官清廉,离任还乡时舟轻无装,难以越海,不得不载石以助航回到原籍苏州。后人称这块压舱石为"郁林石",又名"廉石"。

于是本谜有两读,表事时读作:载石归/有郁林石。意思是,当初船轻载石而归,乃有"郁林石"的文物传世。谜解时读作:载石归有/郁林石。某字如果装载"石",并归来"有",就会组成"郁林石"三个字,那么这是什么字呢?反推可知底为"郴"字无疑。

从形扣角度解析,本谜新意有三:一是两度取"石",扣合是用"捉放曹"法,意义却是典故形成的过程和规律。前"石"后"石"担当不同：有了事件中的"石"，才有史册上的"石"；当年的"石"已湮没于历史风雨，如今展出的是以物怀古的象征性存在。二是最不经意的"有"字的发现和使用成为谜眼，"有"可以"有中生无"，虚实转化，留形变义，谜人灵心慧眼，一下看中了"郁"字中的"有"，佳谜乃成。三是一谜暗含三个地名：任职的"郁林"在广西，"廉石"矗立在其家乡苏州，底"郴"只有地名义，在湖南。"郁林石"不在郁林，事在一处，石在一处，却由另一地托底，堪称奇缘。

在大力提倡廉政建设的今天，本谜如明月清风，压石归航的故事情节，深入人心。廉政灯谜大家猜，本谜可配一幅画：江流之上，一人立于船头而仰天，船的另一侧是一块巨石。谜如斯，画如斯，诗曰：卸任归航石压船，两袖清风可对天。衣袂飘然人贵重，山河放歌送君还。

辗转入川为酬和（10画字）酒

杨耀学/赏析

题面风尘仆仆，意蕴很深。"辗转"是旅途长而曲折，路过很多地方；"酬和"是文人间以诗文互相应答，可以书信往来，也可以聚会唱和，本谜指后者，这是古往今来文人的雅事。而"辗转入川"也符合事实，蜀道不易则更显"酬和"之可贵。赴川酬和，文人有悠久传统。重庆学者王康对20世纪前半叶的200位名人以"是否到过四川"作了专题调查统计，结果只有4人未到过，乃言："中国文化艺术界、科学界几乎所有泰山北斗和才子佳人，都曾领略过巴山蜀水的雄浑浩淼。"因此本面具有深刻的文化背景。

"辗转"到了谜中，就成为"腾挪、变动"之意，"入、为、和"皆作粘贴用词，进行形变的，只有"川、酬"二字。谜底"酒"字，如果右侧加入"川"字，"辗转"左部之"氵"而进入"川"中，就成了"酬"字。这三点的移位入"川"，用"辗转"描述，精妙而形象。这种谜思，新颖而趣味盎然。

有酒作底，足慰风尘。山水在蜀，乐趣在酬，情意在酒。什么叫酬和？酒入诗魂，诗融酒魄。诗人，酒客，圣地，不解之缘，今系于一谜也。

后滩放鹤芦花低（10画字）莺

杨耀学/赏析

这是第六届"平望杯"中华灯谜邀请赛笔试题之一，面底均使人有身临其境之感。因为底字"莺"关映"莺湖"（即莺脰湖），乃平望一景，非常有名。面句自拟，充满诗情画意，是一幅江南风景图。莺湖岸边，有滩有鹤有芦花。滩涉水也浅，芦花飞舞也低，使人想起司空曙诗句"纵然一夜风吹去，总在芦花浅水边"。然而，滩沙时隐时露，芦花扑朔迷离，要你猜一个字。

我们从"后滩"入手,看到"隹"与"鹤"(请注意"隹""佳"的区别),判为离合入口,则湖滩得道,有足迹可寻。"鹤"放掉"隹",可得"冖、鸟";而"芦花低","花"取迷离、模糊之意,去掉"芦"之低处"户"而余下"艹",再与"冖、鸟"组合为"莺"。至此,一幅完美的如画谜作映于眼前。抽丝剥茧,比划出底,数过笔画,拍案而曰:就是它!我得一分矣。有多少高人捉得此鹤?放鹤者则绝对是高手!如此自然贴切、美不胜收的即景佳作,可见此赛的艺术品位。

城头画角未听休(10画字)羞

莫志刚/赏析

画角,古代乐器名,相传创自黄帝,或曰传自羌族,其形如竹筒,以竹木或皮革制成,外加彩绘,故称之。一般在黎明和黄昏之时吹奏,相当于出操和休息的信号,发音哀厉高亢,古代军中常用来警报昏晓,高亢动人，振奋士气。我们可以在历代古诗中欣赏到有关"画角"的描绘。如唐·杜甫《野老》："王师未报收东郡，城阙秋生画角哀。"唐·高适《送浑将军出塞》："城头画角三四声，匣里宝刀昼夜鸣。"宋·陆游《沈园二首》："城上斜阳画角哀，沈园非复旧池台。"元·萨都刺《高邮城晓望》诗："城上高楼城下湖，城头画角晓呜呜。"

今谜作者自撰面句"城头画角未听休"，诵之思致深细而出语浅近，眼前的空气中萦绕着画角哀厉的声音，勾勒出一幅凄清冷隽的秋光图。所谓情、景名为二，而实不可离。神于谜者，在情、景之间，在追求妙合无垠的境界。循思于谜，运用离合、象形、会意、提音诸法成谜。"城头"为"土"，"冖"象形似角，"未"会意"羊"，三部组合得底；"听休"提音，加强扣合。

吾观斯作，平仄赢得音律谐婉、气度动人的思绪；演绎意脉相承，铺叙有致，意境开阔，格调清雅，气韵浑厚，在自然之中立新意，于平淡之中见神奇。

五柳先生品自高（11画字）梧

郑百川/评析

记得曾在谜刊上见到一谜："南郭先生坐日本船到东京"猜中药"熟地"，如果不嫌其以"东京"扣地，使一谜二法的话，其以"南"扣"火"，"郭先生"取"享"，"日本船"称"丸"，合成"熟"字，倒是颇费心思的。然而人名有专指，"南郭先生"使人想到《韩非子·内储说上》所写的滥竽充数者，因"湣王立，好一一听之"而逃之夭夭，下落不明。好家伙，原来逃到东京，还坐了日本船。然而，一下子就觉得制谜者是为了他的谜在杜撰，令人反感，厌恶之情骤生。

我一贯认为，如果制谜以历史人物（包括传说、说部中的人名）入面，尊重历史事实是起码的原则，不能抱着"莫须有"的态度，随意杜撰而加诬古人。

我之所以说起旧事，是因读到苏剑君

"五柳先生品自高"猜"梧"字谜,有感而发。东晋陶潜,因宅边有五棵柳树,自号"五柳先生",这"五柳先生"就成了陶潜之专指,不得移称他人。陶潜因不堪吏职,不为五斗米而折腰,归隐躬耕,累征不出。自评"闲静少言,不慕荣利",以清高自许。而后世知识分子对他的"高志远识,超越古今"之人品,更是多加赞扬。所以此谜面句是符合事实的,尽管谜人制谜并不拘泥典故,只是通过"先生"与"高"的提示,作字部之结撰而已,但读来顺人情,合谜法,令人舒服。

眼未及处兰自发(11画字)着

蔡 芳/赏析

兰花是中国传统名花,是一种以香著称的花卉。兰花以它特有的叶、花、香而独具四清(气清、色清、神清、韵清),给人以高洁、清雅的优美形象。它的叶终年常绿,多而不乱,仰俯自如,姿态端秀,别具神韵;它的花素而不艳,亭亭玉立,幽香清远，发乎自然，因而备受人们的喜爱。古今名人对它评价极高，吟咏特多，把它喻为花中君子，与竹、菊、梅合称为"四君子"。

"眼未及处兰自发"，或言所种的兰花在没注意它时就发芽、长叶，也许是开花；或云长在山野的兰花，虽然未被人们看到，却也自生自长自开；或谓"兰叶春葳蕤"，何求人折；抑或谓"独托幽岩展素心"，自有本心，恰可作为"幽兰在空谷，本自无人识"的注脚。然而作为谜面，却要切分成两段："眼未及处/兰自发"。"眼"会意为"目"，"未"视为地支，借代相扣所对应的生肖"羊"（𦍌），"及"义为"到"，作加合词用，将"目"与"羊"（𦍌）结合一处得出"着"字，便是谜底，此为一扣，意犹未尽。"兰自发"，则须解作"'兰'字中生发出个'自'"，"兰自"两个字素叠合亦形成谜底"着"字，此为二扣，止于当止。

此谜双扣手法迥异，前者借代会意，"𦍌目"规整组合；后者拆字移形，"兰自"参差拼接，法无定法，于谜面丰富了意境,于谜底殊途同归确定不移。可谓精变出奇,谜品粲然。

"金珠不载载石还"(11画字)硅

方炳良/赏析

这是一则蕴含巧趣和理趣的廉政灯谜,谜面出自三国时期陆绩"廉石压舱"的典故。

陆绩(187—219),吴郡吴县(今江苏苏州)人,博学多识,通晓天文、历算。孙权征其为奏曹掾,常以直道见惮。后出任郁林太守多年,为官清正廉洁,轻徭薄赋,爱惜民力,深得百姓爱戴而州郡得治。他卸任离开郁林时,只带简单的行装和几箱书籍。负责运送的船家说:"舟轻不胜风浪,难以入海航行。"为行船安全,陆绩买了一担笋干、两大瓮咸菜压船舱。但船仍然太轻,陆绩阮囊羞涩,难再购物压舱,于是他让船工搬了一块大石头用来压舱,方得以平安返归故里。这块巨石运回苏州,陆绩美名随之传开。有人还吟诗赞颂:"郁林太守史称贤,金珠不载载石还。航海归吴恐颠覆,载得巨石知其廉。"这块"压舱石"也因陆绩清正廉洁而被人们称为"廉石",表现出百姓对清官的爱戴和景仰。

谜面运用典故,意在"使昏迷也",实则四三分段别解,兼用象形、离合二法扣合谜底。"珠"是小的球状物,入谜象形为"丷";"载"取"盛放"义,如柳宗元《送薛存义序》:"柳子载肉于俎(古代祭祀或设宴时盛放牲体的礼器)。""金|珠(丷)不载",别解为"金"字删除字素"丷"后余"全"字。"还"作抱合词,取"返回"义,提示"石"字归位,与"全"字组合成谜底"硂"。象形离合之巧,造就了这则字谜艺术小筑,平添了几分趣味。

另外,斯谜还蕴含理趣。大凡古代官员,期满衣锦还乡,往往黄金珠宝盈箧,满载而归,而陆绩却"金珠不载载石还",彰显了古代清官持节不移的操守美和高尚雅洁的情趣美。它给人们以哲理性的启示:不论是古代清官廉吏，抑或是当代人民公仆，只要一心为民，依法办事，严于律己，两袖清风，都能感动百姓，光耀千秋。

这块见证了陆绩奉公忘私、两袖清风的"压舱石"，历经一千八百年的岁月风雨和历史变迁，至今仍完好无损矗立于苏州文庙，成为一种廉政文化的象征与传承。斯谜的积极意义正在于此。

如今高推二王帖（12画字）琴

杨耀学/赏析

在书法界，东晋王羲之、王献之父子，世人合称"二王"，"二王帖"就是指"二王"的以《兰亭集序》为代表的行书草书字帖。"二王帖"历来备受推崇，所以谜面意义很好。扣合却从字形入手，既得其笔，也得其位。底"琴"的结构是一个"今"字在下，两个"王"字并排在上。"今"与"二王"组合，"高推"显示了部件方位，"二王"在上部，准确而形象。面句的头尾两个字"如"和"帖",作为抱合字,在谜中的解释,"如"取"比照、及","帖"为"妥适",都可安顿顺畅。整体可解作:和"今"一起被推到高位的两个"王"字是妥帖的。从谜道的形扣上看,本谜别具一格,只增不损,底字的三部分都在面上出现,并指明字位,是佳谜而很易猜。

对"二王"的高推,使本谜具有文化史意义和书法家眼光。"今"字在底下,把古人扛在肩膀上,举在头顶上,有理由吗?有依据吗?"二王"之帖,是书法家的永久典范、终极坐标,唐代以唐太宗为首的一批大书法家,都追摹"二王",都是"二王"书帖的崇拜者。行书是性灵之作,神帖在上,自己怎敢挥洒?他们下笔如叩圣域,绝不敢谈再创新,只是永远地临摹临摹再临摹。他们懂得文化极品的价值,懂得文化高峰的唯一性。万里江山可以易主,文化经典不可再造。

面为书法,高!底为中国传统八雅的"琴",好!用诗一般的语言写出,而这又是一条谜。书琴诗谜,四美具矣。

共推吕相有品行（12画字）棋

王绍宽/赏析

中国传统文化有"八雅"之说，指的是琴、棋、书、画、诗、酒、茶、花，它们各自代表一种古代文人的生活方式，也是中华文化的一种符号。

苏剑之"棋"谜，借吕端为引子。吕相者，吕端是也。有句俗话"宰相肚里能撑船"，就是评价吕端这个人的。谜作取拆字离合法门，将"宰相肚里能撑船"这一高尚品德给予美美一赞。谜面之"共"，是一起、一齐，是不止一人的意思，在谜中则从实挂入，与"吕相"两字相加，然后又施"捉放曹"将"品"字推走——有品行，于是，看似简单的面句，既是对吕相高品的歌颂，又为"棋"字谜完美布局，可以说是天衣无缝，简洁撩人。

棋，通常指中国象棋。象棋是中国传统棋类益智游戏，在中国有着悠久的历史，先秦时期已有记载。它属于二人对抗性游戏的一种,由于用具简单,趣味性强,成为流行极为广泛的娱乐活动形式。

随着我国社会经济的不断发展,人民群众文化水平持续提高,人们对象棋文化的需求也在增长,象棋这一有着悠久传统的"八雅"之一,必将焕发出新的生机和活力。

每逢初雪读梅谱(15画字) 霉

杨耀学/赏析

梅和雪似乎有着与生俱来的约定,总是在冰清玉洁的时分相会。古人说:"有梅无雪不精神。"本谜是在雪吻世界的美景下展现梅姿的。初雪,入冬后第一场雪,有非常好的寓意。而读梅谱看到的是读千姿百态的梅。宋代范成大著有《范村梅谱》,是梅花专书。本谜于史有据,于典有本。一遇雪天,即赏梅篇,成为雅士的高尚嗜好和欣赏习惯。将雪、梅、书融为一体,是绝妙之品,如临仙境。

此谜在扣合上前四字已经完形。"每"字与"初雪"——"⻗"相逢,上下组成"霉"字。请注意这个"每",并不是从"梅"字上减损取得,"梅"在面上,却不参与组字,这一点很有创意。"梅"字做什么用?标出底字"霉"读音。"谱"字很有讲究,述面时它是梅花之谱,是按照系统、类别编辑的图书,入谜取义"声调、音节",指底字的读音同"梅"。

需要说明的是,"霉"并非纯贬义,基本意义是低等生物,作本谜之底无伤大雅。

雪的轻歌曼舞、梅的柔情暖意、书的醉人芬芳,相映相依,共荣共美,皆在一谜之中。

后 记

2018戊戌年6月，长安文虎社确定编辑出版《百家字谜》丛书，在确定入编作者时，我以喜好离合谜也忝列其中。如今，面对这本行将付梓的字谜小册子，我不由得想起了一段趣事。

2018年4月初，我赴南美旅游，计划由深圳转香港出境，在深圳要住一宿。下午抵达深圳后，邀约了深圳谜友熊辉兄小聚。傍晚时分，城市灯火闪烁，披上了夜的盛装，我俩在酒店附近的小酒馆开怀畅饮。鹏城暮春的夜，暖意融融，在酒精的作用下，我们谈兴甚浓。当熊辉聊到想出几本字谜小册子的想法时，我异常激动，随即附议计划以丛书的形式正式出版。我俩情绪亢奋，好像要完成一件什么大事一样。

近年来与诸谜友切磋谜艺、探讨谜事，皆感目前成句、顿读、造底谜盛行，别解会意占据了灯谜的大半江山，传统字谜日渐式微，在重要杯赛及佳谜评选中字谜难于上榜，几乎到了无人愿作的尴尬境地，越发感觉到了出一套字谜专辑的时候了。如今，《百家字谜》丛书一套十册的成稿已摆在我俩的案头，那次酒后的冲动想法终于要实现了，如完成了一件壮举一般，甚是欣慰。

虽然我偏爱离合谜，但所作多为二三字底材的谜，检索历年谜作，字谜甚少，如果要选300条像样一点的字谜，基本上要重新创作了。2018年盛夏，西安炎热如灼，刚好有一段完整的时间，我整日沉浸在修辞炼字之中，废寝忘食，闭门造谜，乐此不疲。集中创作了一批字谜，三百字谜得以备齐，草草成册。虽羞于与名家比肩，但总算完成了在深圳与熊辉君的约定。

这一阶段的字谜创作，让我尝到了被"逼迫"的滋味，但我很快乐。现将这些字谜呈于方家高手面前，祈盼斧正，不吝赐教。

苏　剑

2019年6月于西安白桦林居